선우명수필선 ⑮

생각하는 사람

김시헌 수필선

선우미디어

머리말

    수필은 체험이 낳은 꽃이다. 그것에는 향기가 있고, 빛깔도 있지만, 권태와 고뇌와 방황도 있다. 향기와 빛깔을 만났을 때는 반짝하는 기쁨이 오지만 권태와 고뇌와 방황을 만났을 때는 멈칫 서서 생각을 해야 한다.

    40년 동안 써온 글 중에서 30편을 선택해서 여기 실었다. 솜씨가 서툴러서 좋은 꽃이 못된다.

    그런데도 선우미디어에서 책으로 엮어 주겠다니 너무 반갑다. 감사할 뿐이다.

2000. 4. 김시헌

김시헌 수필선

생각하는 사람

차례

■ 머리말

1. 생각하는 사람

2. 석양의 꽃

독자의 눈 *3.*

1.
생각하는 사람

무심 연습

무심(無心)은 의식의 탈락이다. 의식을 빼면 남는 것은 육체뿐이다. 육체는 껍데기다. 그래서 땅 위에 굴러다니는 돌멩이 같고, 길가에 서 있는 나무와도 같다.

사람들은 그렇게 되기를 원한다. 생각 없이 그대로 동작만으로 살기를 소원한다. 그래서 마음을 비우자는 말을 곧잘 한다. 마음 비우기에 평생을 바치는 사람이 있다. 스님·신부·목사 같은 수도인이다. 그들은 신념과 자신과 초월을 손아귀 속에 넣고 사는 사람이다.

잡념이 마음 안에 들끓고 있으면 고통이 온다. 돈을 많이 가지고 싶은 생각, 명예를 더 높게 붙잡고 싶은 생각, 남을 앞질러서 이기고 싶은 생각 등 많다. 그것을 쉽게 얻는 사람도 있지만 얻지 못할 때 좌절과 비탄과 열등감으로 살아야 한다. 그러나 설사 얻었다 해도 다음 단계를 또 소원한다. 그래서 사람의 욕심은 끝이 없다고 말한다. '지족(知足)'이라는 한자말을 벽에 걸어놓고 사는 사람을 보았다. 글자 그대로 '족함을 알자'인데, 어느 정도에서 욕심을 끊어야 한다는 뜻이리라.

어느 날 '로댕조각전시회' 구경을 갔다. 입장료를 주

고 전시장 안으로 몇 걸음 들어선 곳에 「지옥의 문」이라는 커다란 작품이 나왔다. 기와집 대문짝보다도 더 컸다. 사람 키의 두 갑절은 되었으리라. 그 넓이 속에 온갖 고통의 양상이 조각되어 있었다.

거꾸로 매달려서 표정을 한껏 찡그린 사람, 위를 쳐다보면서 무엇을 열심히 갈구하는 사람, 사랑의 사슬에 걸려서 손을 놓지 못하는 사람 등, 인간 세상의 고통은 거기 다 있었다. 그리고 작품의 상층에 「생각하는 사람」이라는 작은 조각이 따로 붙어 있었다. 아래쪽의 그 고통의 상황을 내려보면서 고뇌에 찬 표정을 짓고 있었다. "저 표정이 바로 로댕 자신이다" 하는 직감이 내게 왔다. 로댕도 생각을 많이 했으리라. 생각은 고통의 근원이다. 로댕도 그것에서 벗어나기 위해서 조각에 전력 투구했을 것이다. 동양 사람이 즐겨하는 무심 공부는 해 보지도 않았을까. 대상에 집요하게 매달리고 있으면 잡생각에서 떠날 수 있다. 그 많은 조각품을 만들면서 로댕은 생각을 잊었는지도 모른다.

길을 걷다가 무성하게 선 가로수의 잎가지를 바라볼 때가 있다. 하늘을 향해 발돋움을 하고 있는 나무에는 생각이 없다. 그냥 그대로 무심의 표정을 짓고 있을 뿐이다. 나뭇잎이 바람에 살래살래 고개를 젓고 있는 동작을 보고 어느 시인은 "그들의 대화를 듣는다"고 표현하였다. 나뭇잎끼리의 은밀한 대화가 귀에 들릴 정도라면 지극한 고요 속에 있어야 한다. '절대 고요'라는 말을 쓸 수 있다면 그 시인은 지극한 절대 고요의 경지에 있었을 것이다.

무심은 가슴 안에 오래 머물지 않는다. 어느덧 유심 (有心)으로 돌아간다. 본래의 마음은 무심인가, 유심인 가를 생각할 때가 있다. 무심은 잠시의 휴식을 줄 뿐 곧 유심에게 자리를 빼앗긴다. 그 무심을 자기 안에 오래도록 머물게 할 수 있는 사람은 마음 공부를 많이 한 사람이다. 그리하여 끊임없이 밀려오는 생각의 물결을 정지시키고 고요 속에 편안히 안주할 수 있는 사람은 이미 이승에서 극락을 얻은 사람이다.

무심은 만병 통치약이다. 학자도 무심을 말하고 정치 가도 무심을 말한다. 예술가는 새로운 것을 아름답게 창조하는 사람이다. 새것이 나오자면 낡은 것을 버려야 한다. 그 버려지는 곳이 곧 무심이다. 무심으로 돌아가서 무에서 유를 찾아내는 사람으로 예술가도 있지만 철학가도 있다.

낡은 것을 어떻게 버리느냐? 어떤 사람은 낡은 것을 보물로 끌어안고 놓기를 싫어한다. 그것 아니면 빈 껍데기가 될까 봐 불안해한다. 그리하여 전통을 말하고, 혈통을 말하고, 고집과 완고를 자기의 방패로 삼는다. 방패막에 싸여 사는 사람은 그 나름의 평안이 있기는 하다. 방패막이 자기를 지켜 주기 때문이다. 그러나 그때 무심으로 돌아가 볼일이다. 무심은 영(零)에로의 환원이다. 원점으로 돌아가서 다시 생각하면, 자신을 묶고 있는 그 방패막이 무엇인가를 깨닫게 된다. 깨달아야 제거할 수가 있다. 사람들은 끊임없이 버리면서 얻어야 한다는 말을 한다. 그것이 쉬운 일은 아니지만….

　나도 때로 무심 연습을 한다. 때로 뿐 아니고 몇십 년을 그 노력 속에서 살아왔다. 하지만 단 십 분도 완전 무심을 얻기가 어렵다. 어느덧 잡념이 가시처럼 날아와서 고요한 수면에 물결을 일으킨다. 무심은 창조주의 뜻이 아닐지도 모른다. 생각하라고 만들어 놓은 인간의 능력인데 왜 버리느냐고 호통이라도 칠 것 같다. 그러나 포기할 수가 없다. 그 안에 휴식이 있고, 평안이 있고, 영원에의 길이 있다고 믿기 때문이다.

구름에 달 가듯이

무료한 때가 있다. 일거리를 만들어야 한다지만 어디 쉬운가. 연령에 맞고, 적성에 맞고, 체력에 맞는 일거리는 세상에 많지 않다.

아침의 산책, 늦은 시간의 식사, 세수를 끝내면 아침 10시가 된다. 가야 할 곳도 없고, 부르는 사람도 없고, 꼭 읽어야 할 책도 없다. 커피 한 잔을 만들어서 3층 건물의 유리창가에 앉으면 길 건너의 맞은편 집이 보인다. 5월의 새싹이 가지마다 무수히 열려서 정원 가득히 서 있다. 나무는 집주인이 심어 놓았지만 감상은 내가 더 많이 한다는 생각도 해 본다. 거기 참새가 앉아서 짜륵짜륵 울고 있으면 봄날의 산골짜기를 연상한다.

나무에 취하는 감정도 잠시, 나는 또 다른 욕구를 일으킨다. 라디오의 스위치를 돌려놓는다. 왕—하면서 음악이 터져 나온다. 고전음악이다. 누구의 어떤 곡인가는 모르기도 하지만 그런 것은 아무래도 좋다. 또 선택의 자유도 없다. 보내주는 대로 듣기만 하면 된다. 생활에도 변화가 있어야 되는 모양, 음악에도 선율에 변화가 많다. 개울물처럼 잔잔하던 흐름이 갑자기 노도

처럼 사납게 뛰다가 다시 잔잔한 흐름으로 돌아가기도
한다. 가슴으로 파고 들어가는 음악은 몸 전체를 짜르
르 떨게도 한다. 음악으로 육체를 청소한다고 할까 감
정뿐 아니라 육체의 내면 깊은 곳까지 동요를 일으키는
사실은 육체의 청소도 된다. 광활한 평원을 달리는 때
는 나도 함께 들녘 사람이 되고, 맑고 높은 꿈을 더듬
을 때는 20대의 청년으로 돌아가기도 한다.

　점심을 먹고 나면 어디든 가야겠다는 생각을 한다.
온종일 한 곳에 있을 수는 없다. 밖에는 오월의 푸른
기운이 바람을 타고 넘실거린다. 발걸음은 어느덧 서실
로 향한다. 10년을 넘도록 붓글씨를 써 왔지만 진전이
없다. 좀 나은 듯하다가 다시 돌아가고…. 그 반복의
연속이 있을 뿐인데도 싫증은 나지 않는다.

　"안녕하십니까?" 하고 들어서는 나를 반겨주는 사람
은 서실의 원장님이시다. 그도 학교에 근무하다가 정년
퇴임을 하고 서실을 열었다. 시간 보내기가 좋다고 하
는 원장님은 순수하고 소탈하다. 손수 불을 때고 차를
끓이는 동작을 도와서 마주 앉으면 제한없는 화제의 꽃
이 핀다. 학생들이 몰려 올 때까지는 그도 한가한 시간
이다.

　글씨를 쓴다기보다 사람을 만난다고 할까? 어떤 때
는 붓 한 번 잡아 보지도 않고 이야기만으로 서실에서
나온다.

　다음에는 어떻게 하나? 시간은 앞에도 남고 뒤에도
남는다. 나는 홍수처럼 흐르고 있는 시간 위의 부표가

된다. 나가라고 떠미는 사람도 없는데 밀리는 사람처럼 서실 밖의 사람이 된다. 목적도 없이 버스 정거장 쪽으로 발을 옮긴다. '어디로 가나?'하는 의식조차 버리자. 버스가 가는 곳까지 가고, 갔다가 다시 돌아오면 된다. 어느덧 나는 버스 안의 사람이 된다. 창으로 날아 들어오는 바람이 좋다. 먼지 바람이 아니고, 5월의 푸르고 맑은 바람이라고 착각을 한다. 그 착각이 더욱 정확하기를 기대한다.

『서울은 만원이다』라는 소설제목이 생각난다. 그 때가 이십 년 전이었으니까 지금은 '초만원이다' 해야 될까? 밀려오는 수많은 차량이 그대로 기계의 물결이다. 바다의 파도가 다음으로 다음으로 해변을 향해 몰려오는 장면이다. 그러나 오면 어떠랴? 뒤에도 차, 앞에도 차이지만 나는 버스 안의 안전지대에 앉아 있다. 소란 속의 평화에 오히려 매력을 느낀다. 마음속에 들길을 연상하기도 하고 강변의 흰 모래를 연상하기도 하면서 서울이라는 도시를 떠난다. 그것은 내게 주어진 완전한 자유다. 그 자유를 누릴 수 있는 나를 다행으로 생각한다.

버스가 한강 다리 위로 올라간다. 왼쪽을 보아도 물결, 오른쪽을 보아도 물결이다. 말없이 흐르고 있는 한강에 끝없는 믿음이 간다. 한강은 표정이 없으면서 또한 있다. 항상 그대로 흐르고 있으니 표정이 없고, 항상 잔잔하게 물결을 치고 있으니 표정이 있다. 몇십만 년을 흘러 왔을까 지구가 생기고부터 흐르기 시작했다

면 몇억만 년이 될까. 그때의 그 표정이 한강의 얼굴이
라면 영원은, 바로 한강 위를 흐르고 있다.

"구름에 달 가듯이 가는 나그네"

강물 위에 와서일까? 문득 이러한 시구가 날아 들어
온다. 그렇다! 나는 구름에 달 가듯이 가고 있는 지구
위의 나그네가 아닌가. 상상은 더욱 넓어지면서 달과
별과 해와 땅 사이를 가고 있는 내가 된다. 그것은 너
무도 정확한 나의 파악이다. 내가 만약 달 속의 사람이
었다면 그 또한 별과 달과 해와 지구 사이의 나가 아닌
가? 우주가 무한대하다면 그 무한대의 중심에 나는 언
제든지 존재하고 있다. 무한대에는 변두리가 없다. 변
두리가 중심이고, 중심이 곧 변두리가 된다. 그리하여
나는 무한대의 주인이 된다. 나라는 개체(個體)를 버리
면 무한대가 있을 뿐이다. 그 무한대가 곧 나이고, 내
가 곧 무한대가 된다. 비로소 나는 나를 초월한다. "구
름에 달 가듯이 가는 나그네"는 진짜로 나그네일 뿐 그
존재는 나와 상관없는 그 무엇이다. 무료하다는 것은
나를 나에게서 떼내는 시발점인지도 모른다.

빈자리

아홉시가 되면 서둘러 집을 나선다. 손에는 끈 달린 검은 가방이 늘어진다. 백화점 문화센터로 강의를 하러 가는 것이다. '일일 일건' 하는 말을 친구들에게 흘린 일이 있다. 하루 한 가지씩만 일거리가 있어야 한다는 뜻이었다. 고향 친구가 서울에 와서 전화를 하고 어느 다방에서 만나자는 일도 나에게는 사건이 된다. 그런데도 일건도 없는 날이 있다. 시간을 어떻게 처분하느냐? 정년 퇴임자에게는 그것이 골칫거리이다. 집안에만 들어앉아 있을 인내심도 없고, 무턱대고 쏘다닐 수도 없는 사람에게 주어지는 멍에이다.

요행, 일거리가 얼마 전부터 생겼다. 그것이 수필 강의였다. 처음은 긴장되었다. 경상도의 억센 사투리를 어쩌나였고, 다음은 삼사십대의 젊은 주부 앞에서 나의 연령이 문제될 것 같았다. 그러나 꾸며서 될 일도 아니고 조심해서 될 일도 아니었다. 생긴 대로 가진 대로 할 수밖에 없었다.

백화점 문화센터의 담당자 회의가 있단다. 정보 교환의 날이라고 한다. 새로 취미반이 설치되면 회원 충당의 문제, 강사 초빙의 문제가 논의되는데 그 모임을 통해 소개되어 지금은 거의 일일 일건의 일거리가 되었다. 어떤 친구는 고되지 않느냐고 묻는다. 고되기는커녕 빈 시간이 줄어져서 너무 고맙다는 말을 한다. 낮 열 시간 중에서 두 시간만 그들과 시간을 보내면 된다. 그것도 나 혼자서 지껄이지 않고, 합평이라는 작품 평가의 공동 시간이 있다. 주고 받고 웃고 흥분하다 보면 두 시간이 금방 간다. 그래도 오후의 남는 시간을 무엇으로 보낼까 하고 시간과 싸워야 할 날이 있다.

집을 나가서 잠실역 지하도 입구에 이르면 80은 되어 보이는 노인이 시멘트 바닥에 앉아 있다. 땅땅한 체구에 머리가 많이 벗겨져 있다. 앞에 사람이 지나가면 한 사람도 빼놓지 않고, "십 원만!" 하고 외친다. 그때마다 손을 쑥 내민다. 십 원은 백 원을 뜻하는 모양이다. 손바닥에는 때에 따라 백 원짜리의 수효가 다르다. 어떤 때는 거의 빈손이다. 나도 때론 백 원씩 놓고 간다. 그러면 "십 원만!" 하는 소리보다 더 높게 "고맙습니다" 한다. 고맙습니다를 귓전에 싣고 지하도 계단을 밟고 있으면 가슴에 찡 하는 감동 같은 게 온다. 백 원짜리보다 더 큰 감동이다. 이래서 주는 맛에 산다고 할 수 있겠다. 백 원으로 베푼다는 생각은 하기 싫다. 그런데도 찡 하는 감동은 무엇일까?

잠실역 안으로 들어가서 표 파는 창구 앞에 경로증을 내민다. 공짜로 나오는 차표에 어떤 할머니는 "고맙습니다" 하고 절을 깊게 하는 것을 보았다. 나도 그 감정이 처음에는 있었다. 그런데 지금은 습관에 밀려 그 감정이 사라졌다. 오히려 창구멍 안에서 차표를 펄쩍 던지면 '너도 늙어 보아라' 하는 생각이 퍼득 날아 나온다.

아침의 지하철은 대만원이다. 비집고 서 있으면 손잡이를 잡지 않아도 넘어지지 않는다. 옆에 젊고 예쁜 여자와 몸이 강하게 닿고 있으면 옛날은 기분이 싫지 않았는데 지금은 그가 나를 싫어할까 봐 걱정이다. 나이 때문이다. 그래서 몸을 반대쪽으로 떼려고 노력한다. 만약 싫어하는 감정이 일어나면 나의 자존심이 상하는 일이 아닌가.

하차하는 사람 때문에 생기는 구멍에 밀려서 안쪽으로 들어가면 때로 젊은 사람이 벌떡 일어난다. 하차가 아니고 양보일 때 "감사합니다" 하고 앉는다. 나이 덕을 본다고 할까. 그것도 옛날은 노인 취급을 당한다는 불쾌감이 조금 왔는데 지금은 고맙기만 하다. 습관은 무섭다. 안에서 관성 같은 것을 만드는 모양이다. 그래서 오히려 살기 편리할 때가 있다. 관성에 맡겨서 신경을 쓰지 않아도 되기 때문이다.

지하도 입구에서는 내가 '고맙다'는 말을 듣고, 열차 안에서는 내가 '고맙다'는 말을 해야 한다. 이것도 인과응보라 하면 되는 것인지?

그런데 몇 달 전부터 지하도 입구의 노인 자리가 비어 있다. 과거에는 며칠씩 비었다가 또 나타나곤 했는데 이번에는 계속 빈다. 나는 문득문득 그 할아버지가

혹? 하는 생각이 일어난다. 가는 길에는 순서가 없다는 말을 한다. 그 할아버지는 순서를 따라도 되는 나이지만 그래도 허망한 생각이 온다.

그런데 오늘 아침에는 그 자리에 밤 굽는 할아버지가 앉아 있다. 빈자리를 보다가 자기 자리로 잡은 모양이다. '십 원만' 하던 노인보다는 좀 젊어 보이지만 또한 할아버지이다. 손을 내밀지 않고 연기를 올리면서 적쇠에 밤을 굽는다.

그 광경을 보면서 나는 오늘 빈 자리 생각을 했다. 직장에는 빈자리가 생기면 그때그때 새 사람으로 메워진다. 대통령 자리가 빌 때가 되면, 새 대통령 선거를 한다. 국장 자리가 비면 과장들이 빈 자리를 쳐다본다. 과장자리가 비면 그 아래의 계장, 계원해서 연달아 빈 자리를 쳐다본다. 가을의 들녘이 비어지면 이듬해의 새 싹들이 뒤를 채운다.

인간의 역사는 비우는 역사이고 채우는 역사이다. 인간뿐인가, 생물도 무생물도 다 그렇다. 사람은 오래 살아서 백 년이다. 그런데도 비우고 채우는 연결로 몇만 년이 지났지만 완전히 비운 때가 없었다.

강의를 끝내고 돌아가는 길에 버스 정거장에 설 때가 있다. 56번을 기다려야 하는 것이다. 그런데 자동차의 물결이 한강 물줄기처럼 이어진다. 1년 전에도 그렇게 흘렀고, 5년 전에도 그렇게 흘렀다. 고장이 나서 오늘은 나타나지 않는 차도 있고 못쓰게 되어 폐차 처분을 당한 차도 있을 것인데, 거리의 자동차 밀도에는 변동이 없다. 없기는커녕 더욱더 많은 차가 기운차게 흐르고 있다.

지금은 중간 봄이다. 골목길의 나뭇가지에서 참새 새끼가 날개를 바르르 흔들면서 어미에게 먹이를 달란다. 어느 사이 새끼를 쳐서 대여섯 마리의 자식을 거느린 참새 어미, 그도 이 년을 살까 오 년을 살까, 한데도 골목길에는 참새 소리가 끊어지지 않는다. 5년 전에도 그렇게 울었고 십 년 전에도 그렇게 울었다. 무엇이 끊어지고 이어지는 역사를 만들고 있는 것일까, 그것은 또 무엇에다 목적을 두고 있는 것일까? 오늘은 그런 생각을 해본 날이었다.

인생의 의미

　사랑방에 앉아서 해가 지는 것도 모르고 바둑판에
정신을 쏟고 있는 사람을 보고 신선놀음이라고 했다.
산중턱 높은 곳에 지어 놓은 정자에 흰 수염의 할아버
지들이 앉아서 시를 논하고 학문을 이야기하면 신선놀
음이라 했다.

　현대에도 신선놀음은 있다. 화가가 경치좋은 강기슭
에 그림틀을 세워 놓고, 산 한 번, 그림 한 번씩 보면
서 붓대를 움직이고 있으면 그것이 곧 신선놀음이다.
음악가가 악기를 어깨에 메고 버스에 타고 있기만 해도
그것이 신선놀음으로 보인다. 그러니까 자기 뜻에 맞는
일을 하는 사람, 멋있게 생활을 엮어 나가는 사람이 모
두 신선놀음을 즐기는 사람이다.

　이렇게 말하면 멋이 무엇인데? 하는 의문부호가 온
다. 틀이 잡히고 여유가 있는 행동, 아름다움을 열심히
추구하는 마음, 대상에게 정신없이 열중하는 정열, 그
래서 무아경에 빠질 수 있는 도취가 있으면 그것들이
모두 멋이 된다. 멋은 조화와 균형과 여유에서 얻어진다.

　외국사람은 멋에 대해서 얼마만큼 관심을 가지는지

궁금하다. 우리나라 사람은 색깔이 어울리게 고운 옷만 입고 나와도 "야 멋있다"고 표현한다. 키가 늘씬하게 크고 얼굴이 시원하게 생겼으면 "그 사람 멋있는 사람이다"고 말한다. 모임에 나가서 재치있는 농담을 잘하고, 막힌 데 없는 동작을 구사하면 또한 멋있는 사람으로 평가한다.

　단학 공부를 하는 도장에 가 본 일이 있다. 사찰에서 도를 닦는 스님모양 단정하게 앉아 손을 모으고 눈을 지그시 감고, 굳어있는 사람이 많았다. 그들은 첫째가 마음을 비우는 연습이고, 다음은 빈 마음에 天地의 기운을 빨아들이는 연습이다. 몸 안에 막히는 데가 없게 하기 위해서 상당히 격렬한 운동을 한다. 다리, 팔, 가슴, 손마디까지 흔들어서 기운이 들어가기에 지장이 없도록 통로를 만든다. 그런 뒤에 마음을 모으고 天地에 미만되어 있는 기운을 체내로 흡수한다. 그렇게 되면 나와 天地가 하나가 된다는 것이다. 그 연습이 숙달되고 어느 경지에 이르면 황홀경을 체험한다고 말한다. 곧 물아일체(物我一體)가 된다는 것이다.

　행복이 무엇이냐?고 물으면 여러 가지 대답이 나온다. 그 중에서 나와 대상이 하나로 되는 것이 행복이라고 대답을 하는 사람이 있다. 나도 그 대답에 찬성하는 사람이다. 대상과 하나가 된다는 것은 곧 도취를 의미한다. 도취는 나의 잃음이다. 내가 대상 속에 묻혀서 없어지는 상태가 도취이다. 무존재(無存在)가 되는 것, 그러니까 대상이 무엇이냐에 따라 나를 잃는 정도에 차이가 생긴다.

그 대상이, 음악이 될 수도 있고, 자연이 될 수도 있고, 사람이 될 수도 있고, 작업이 될 수도 있다. 음악이나 그림 같은 예술과 하나가 될 때는 도취의 정도가 많이 높아지지만 그 상태에서 벗어나면 곧 식어진다. 그러나 자연이나 종교가 될 때는 취하기도 어렵지만 한 번 취하면 시간이 많이 연장된다.

어떠한 도취를 선택할 것인가? 사람들은 제각기의 도취 대상을 찾아서 귀와 눈을 돌리고 있다. 어떤 것은 취하되 한때 뿐 오히려 괴로움이 뒤에 따라 온다. 어떤 도취는 생각만 내면, 금방 구할 수 있지만, 어떤 도취는 구해도 좀처럼 가까이 오지 않는다.

그래서 가장 깊고, 오래 가고, 영원한 안정을 얻는 도취를 가지고자 한다. 그것을 나는 초월자에게서 찾아본다.

불교에서는 선(禪)을 이야기한다. 선(禪)의 의미를 정확히는 모르지만 부처의 상태에 빠지는 것을 일컫는 것 같다. 부처의 상태란 개체로서의 나를 벗어나 우주 전체와 맥이 통해져 있는 상태이다. 나를 완전히 떠나면 남는 것은 무(無), 아니면 공(空)이다. 아무것도 없는 나인데도 오히려 꽉 찬 자기가 된다는 것이다. 껍데기로서의 나를 벗으면 그 안에 우주로서의 다른 나와 생명이 연결된다. 그 나를 의식할 때 부처의 상태가 된다. 곧 개체로서의 나 속에서 전체로서의 나를 발견하는 것이다. 말은 쉽지만 그 경지에 도달하기가 얼마나 어려우랴?

기독교에서도 하나님을 자기 가슴 안에 모신다는 말을 사용한다. 하나님을 모신다는 것은 나와 하나님이 한 몸, 한마음이 되는 상태가 아니겠는가? 하나님을 강하게 모실 수 있을 때 한없는 감사와 감동이 온다는 것이다. 속되게 표현하면 그것도 물아일체(物我一體)의 경지가 아니겠는가.

신선놀음이라고 하면 마음의 사치, 귀족적? 하는 생각을 하는 사람도 있다. 그러나 공장에서 일을 하는 사람이나 사무실에서 서류를 만지는 사람이 퇴근하다가 친한 벗과 탁주 한 잔 기울이면서 웃고, 웃는 한때를 가질 수 있다면 그것 또한 신선놀음이다.

人生을 왜 사느냐의 물음에 대해서 어떤 사람은 '즐기기 위해서'라고 대답한다. '즐기기 위해서'를 속된 오락으로만 생각하지 않는다면 신앙도 하나의 즐거움으로 해석될 수 있다. 행복의 다른 표현을 즐거움이라고 해도 되기 때문이다.

건전한 즐거움을 얻기 위해서 건전한 도취를 찾을 필요가 있다. 예술에 취할 수도 있고, 종교에 취할 수도 있고, 학문에 취할 수도 있다. 요즘은 문화센터라는 기관에서 취미반 교육이 성행되고 있다. 동양화반, 서예반, 외국어반, 꽃꽂이반, 문예창작반, 독서반 등 많다. 어떤 대상에 나를 몰입시킬 것인가? 그 몰입이 멋으로 연결되고 도취의 경지에 간다면 그곳에 곧 인생의 의미가 있다고 생각해 본다.

안녕히 가십시오

고향으로 가는 버스를 탔다. 빈 의자를 찾아서 두리
번거리고 있는데, 바로 앞에서 예쁜 처녀가 벌떡 일어
선다.

"선생님 안녕하십니까?"

10년쯤 전에 내게 배우던 여학생이다. 지금은 서울
에 가 있다면서 말도 유창하고 차림도 세련되어 있다.
발랄한 표정이 자신에 넘친다. 처녀는 옆자리를 가리키
면서 앉기를 권한다.

"선생님 많이 달라지셨네요?"

"달라지다니, 늙었단 말인가?"

"예!"

졸업생은 묻는 말에도 요령이 있다. 어떤 졸업생은
바로 대고 "선생님 많이 늙으셨네요?" 하는데, 이 졸업
생은 남의 감정까지도 고려해 넣는다. 그 말을 듣고 나
도 지금은 많이 달라졌다. 얼마 전까지만 해도 늙었다
는 지적을 들으면 조금은 언짢은 기분이 되고 늙는다는
사실을 강조당하는 느낌이었다.

어느 집에 문상을 간 일이 있다. 아버지를 잃은 젊은 상주는 문상객이 올 때마다 너무도 슬프게 울고 있었다. 아버지의 친지가 찾아오니까 새삼스럽게 슬픔이 복바쳐 오르는 모양이었다. 그 울음은 입 밖에만 내놓는 형식적인 울음이 아니고 목구멍에서 솟아오르는 오열이었다. 옆에서 보고 있던 어느 문상객은 보다 못해서,

"사람은 누구나 한 번씩은 부모를 잃는 슬픔을 당하는 법인데, 혼자 당하는 것처럼 너무 슬퍼할 까닭이 없다"고 위로하고 있었다. 나는 문상객이 던지는 평범한 말 속에서 진실을 생각하고 있었다. 틀림없이 그 일은 혼자만 당하는 슬픔은 아니다. 누구나 한번은 당해야 하는 인간의 사실이다. 그뿐이랴, 어떤 사람이든 또 한번은 혼자서 이승을 떠나야 하는 영원한 여행을 당해야 한다. 사람들은 그 영원한 여행을 앞두고도 오늘은 오늘대로의 인생을 열심히 살아가고 있다.

앞에는 동해 바다가 출렁거리고 있었다. 이따금 갈매기가 한 마리씩 나타나서는 날개를 휘적휘적 저으면서 어디론가 먼 곳으로 사라져 갔다. 그 아래에 작은 어촌이 전개되고 있었다. 포항에서 동북쪽으로 20리를 올라간 죽천(竹川)이란 마을이다. 그 마을의 뒷산 언덕에서 장례가 진행되고 있었다. 한흑구(韓黑鷗) 선생님이 세상과 작별을 한 것이다. 수십 명의 처녀 성가대가 계속해서 찬송가를 부르고 있었다. 노래 소리는 하관(下棺)이 진행되고 있는 묘지의 상공에 울려 퍼지고 출렁

거리는 바다 위로 날개를 펴고 있었다.

흙에서 와서 흙으로 돌아간다는 엄연한 사실이 눈앞에서 진행되고 있다.

나도 흙 한 삽을 떠서 한흑구 선생님의 관 위에다 경건하게 뿌렸다.

'선생님 안녕히 가십시오!'

마음속으로 최후의 인사를 보냈다. 선생님은 나의 인사를 고요한 미소로써 받아 주셨으리라.

한 생애를 밝고 아름답게 사신 선생님은 가실 때에도 미소를 잃지 않고 아름다운 발걸음으로 저승에의 다리를 건너셨을 것이다.

'흰 갈매기가 되셔서 구름 끝, 파란 하늘 나라로 비상을 하십니다. 그러나 선생님의 검은 갈매기는 영원히 저희들 가슴속에 살아 계십니다'라는 뜻의 조시(弔詩)를 어느 시인이 낭독하였다.

시와 같이 흰 갈매기로 변신한 선생님은 지금 막 새로운 세계로 날아오르는 것만 같았다.

산 언덕에는 오후의 해가 기울고 있었다.

나는 한흑구 선생님이 영원히 잠들 묘지의 뒤 언덕에서 바다를 하염없이 바라보고 있었다.

무수한 신비를 지니고 있는 높은 산을 바라보는 것도 좋다. 그러나 나는 늘 바다를 바라본다. 무한한 창공과 맞대어 있는 저 수평선 너머로 언제나 나의 사색은 물결처럼 쉬임없이 흘러 넘쳐 간다. 광막한 바다여! 너의 크고 넓고 또한 황량한 것이 나는 좋다.

「바다」라는 수필 속에 있는 한흑구 선생님의 말이다.
바다가 좋아서 30년 동안 오직 포항에서만 살았다는 선생님은 이제 파도 소리를 들으면서 영원한 잠에 든 것이다.

일행은 묘지에서 발길을 돌렸다. 한흑구 선생님만 혼자 바닷가에 남겨 두고 떠나는 일행의 심정은 무거운 듯이 보였다.
"이 사람들! 나를 두고, 자네들끼리만 가기인가?"
무거운 심정을 깨뜨리기나 하듯이 누군가가 뒤에서 불쑥 한흑구 선생님의 음성을 대신한다.
그 바람에 "하하하!" 하고 한바탕 웃음이 터졌다. 그러나 그 웃음에는 적막한 공허가 숨어 있었다.

'나는 오늘, 그대는 내일!'이라고 적혀 있다는 어느 외국인의 비문을 기억해 내면서, 나는 대기하고 있는 버스 쪽으로 걸음을 옮기고 있었다.

겨울의 화초

셋방을 얻어서 부부가 촌살림을 차린 지 두 해가 된다. 삼사십 년 동안 살아 온 많은 살림 그릇들을 이웃에 주기도 하고, 고물상에 팔기도 하고, 버리기도 하면서 축소시켰는데도 셋방 하나에는 너무 많다.

지금은 겨울이다. 살림 그릇 속에서 석유 난로가 하나 보태졌다. 밖에서 살던 화초가 방 안으로 피난을 들어왔다. 하나, 둘, 헤어 보니까 화분은 열두 개가 된다. 서쪽편 햇볕이 들어오는 곳에 그들의 좌석이 정해졌다. 무질서 속의 질서라고 할까. 방안은 그대로 만화경이다. 그래도 그 무질서가 싫지는 않다. 지나치게 정리된 상태보다 약간은 어수선한 속의 질서가 마음에 안정을 준다고 할까.

화초를 가꾸는 사람은 아내이다. 어디에서 얻어 오는지 하나씩 둘씩 불어나서 지금은 벗이 많아졌다. 물을 주는 사람도 아내이고, 잎의 먼지를 닦는 사람도 아내이다. 가꾸어 놓은 화초를 바라보면서 기분을 내고 있으면 구경 값을 내라고 한다. 겨울 화초이지만 잎의 생기와 줄기의 기운이 여름과 다름이 없다. 주는 대로 받는다고 할까? 조금만 마음을 놓으면 잎의 빛깔이 달라진다고 한다.

열두 개의 화분 중에서 나의 관심을 가장 많이 끄는 나무는 잎난초이다. 키가 크고, 잎이 넓고, 기운이 넘친다. 마음을 시원하게 해 준다고 할까. 나무의 가격이 헐하고 비싼 것은 나에게 관심이 없다. 사람도 속이 넓고 시원시원하면서 진실한 일면이 있어야 사귀고 싶은 마음이 난다. 여러 개의 넓은 잎이 흙에서부터 성큼성큼 올라가서 그것들이 어우러져 전체의 조화를 이루었다.

음악도 마음이 편해야 가슴에 수용이 잘 된다. 화초의 생기도 받아들이는 마음의 준비가 있어야 제값이 보인다. 때로 화초를 바라보면서 멍청하게 앉아 있으면 행복의 종류가 세상에는 많아서 좋다는 생각이 든다.

잎난초 바로 옆에 석류 한 포기가 쪼그리고 앉았다. 낙엽이 져서 가지가 앙상하다. 그런데도 연약한 가지 끝에 꿩알만한 석류 열매 두 개가 달려 있다. 여름에 맺고 가을에 익어서 지금은 달려 있어야 할 이유가 없는데도 떨어질 줄을 모른다. 만져 보니까 돌덩이처럼 딱딱하다. 그 안에 생명이 연결되어 있을까 하는 의심이 난다.

밤도 익으면 떨어지고 감도 익으면 떨어진다. 산에 있는 도토리도 때가 되면 지상으로 내려온다. 그런데 겨울이 되고, 몸이 돌덩이가 되었는데도 석류는 떨어지지 않는다. 생명에 대한 미련 때문일까, 모체가 열매를 놓아주지 않아서일까.

나는 석류 열매를 바라보면서 옛날 이웃집에 살았던 구십살의 노인을 생각한다. 노인은 걸음이 불가능했다. 밖에 한 번 나가지도 못하고 방안에서 지루한 시간을 보내고 있었다. "귀신도 눈이 까잤다"라는 말을 가끔 하던 그 노인이 지금은 어떻게 되었는지 궁금하다.

문갑 위에는 난초 세 분이 나란히 자리를 잡았다. 그중의 하나가 한란이란다. 난을 전문으로 기르는 사람은 종류도 많이 알고, 잎만 보아도 이름을 댈 수 있다는데 나는 그런 지식이 없다. 그때 그때 보는 대로 감상이나 할 뿐이다.

동양화에는 난초 그림이 많다. 화가가 다른 꽃보다 난초를 좋아해선지 난초잎의 날카로운 선(線)이 동양화의 소재로 적당해선지 알 수가 없다. 그런데 단아하게 원형으로 죽죽 뻗은 난초의 잎줄기에는 분명 세련미가 흐르고 있다. 한복(韓服)차림을 한 날씬한 여인의 자태 같다고 할까. 숨기고, 감추고, 덮어둔 것이 없는 진솔성이 옛 선비의 비위에 맞았던 모양이다.

모양이 넓은 잎난초가 투박한 화가의 여유 있는 풍채라면, 한란은 조끼까지 갖추어 입고 사랑방에 앉아 있는 꼿꼿한 성품의 학자라고 할까.

그런데 열두 포기의 화초를 전체로 바라보고 있으면 그들이 무엇인가를 기다리고 있는 표정이다. 나무는 무엇을 기다리고 있는 것일까? 가깝게는 며칠만에 한 번씩 뿌려주는 물을 기다릴 것이고, 멀리는 언젠가 올 봄을 기다릴 것이다. 그러나 더 먼 곳에 그들이 존재해야 하는 어떤 이유 같은 것을 기다리고 있는 것 같다.

　사람은 어떤가? 어린이는 어린이대로 무엇을 기다리면서 크고, 처녀는 처녀대로 무엇인가를 기다리면서 산다. 저녁 거리에 의자를 내놓고, 여름밤의 시원한 바람을 쏘이고 있는 할아버지도 무엇인가를 기다리고 있는 표정이다.

　인생은 현재에 충실해야 한다는 말이 있다. 현재에 충실하고 있으면 내일에도 충실한 결과가 온다. 그러면서 그때 그때의 현재로만 끝나지 않고, 더 먼 곳에 무엇인가를 두고 기다려 본다.

　오늘도 나는 화초를 바라보다가 문득 내가 기다리고 있는 것이 무엇인가를 생각해 보고 있다.

처녀 석고상

　종이에 싼 물건 하나를 들고 좀 늦게 집으로 돌아왔다. 베개만큼의 물건을 든 나에게 딸과 아내는 평소와 다른 관심을 보낸다. 그것이 무엇이냐고 묻는 그들의 호기심에 얼른 대답은 않고 포장을 풀기 시작한다. 딱딱한 감각이 손에 와 닿으면서 더욱 그들의 호기심을 높여 놓는다. 포장지가 다 풀어지자 속에서 석고상이 하나 나타난다. 나체로 된 처녀의 석고상이다. 아내는 약간 놀라는 기색이 되면서,

　"다 큰 딸이 있는데 왜 그런 것을 사 들고 오느냐?"고 책망부터 시작한다.

　"아버지도 참 대담해지셨네요"

　약간은 반기는 표정을 한 딸의 말이다. 나는 그들의 말에 아무 대꾸도 없이 석고상을 들어 아주 공손히 전축대 위에 올려놓는다. 고개를 오른편으로 갸우뚱 숙인 처녀 석고상은 한 오라기의 천도 걸치지 않은 채, 부끄러움도 모르고 오뚝 서 있다. 어깨에 흐르는 근육의 선이며, 하체로 이어진 골격의 굴곡이 그런 대로 실감(實感)을 자아낸다. 석고가 아니고 돌로 되었다면 훨씬 가

치를 느끼겠다고 나는 생각해 본다.

　같이 바라보고 있던 아내는 무슨 생각을 했던지 석고상의 허리를 한 손으로 들고 눈 높이만큼 올리더니 전신(全身)을 더욱 찬찬히 관찰하고 나서,

　"야마리가 톡 까졌구나!"고 한마디 던진다. 아마 딸이나 이웃집의 잘 아는 처녀 정도로 가깝게 느껴졌던 모양이다. 그래도 많이 미워하는 눈치는 아니다.

　"옷을 입혀야겠어요"

　아내의 말이 아니라도, 나는 그것을 느끼고 있었다. 야마리(얌치)가 톡 까진 그것도 이유가 되지만 나체를 그대로 노출시키기보다는 한 겹의 경계선을 두르는 편이 더 은근한 운치를 만든다.

　그리고 딸이 말한 대답에 대해서 그들이 이해할 수 있는 이유를 이야기하고 싶다.

　이튿날은 퇴근길에 포목점에 들렀다. 석고상의 옷을 직접 내 눈으로 고르고 싶었던 것이다. 모기장같이 엷은 천을 사겠다니까 포목점 아주머니는 무엇에 쓸 것이냐고 묻는다. 나는 이유를 말했다. 포목점 아주머니도 나의 말에 호감이 가는 모양이다. 옷감을 아주 적게 사겠다는 데도 힘을 내서 온갖 엷은 천을 다 뽑아내 놓는다. 색깔은 무엇이 좋겠느냐고까지 적극성을 띠운다. 나는 흰빛이나 살색이 좋겠다고 말한다. 아주머니는 엷은 천을 한 감씩 자기 팔뚝에 덮으면서 어떠냐고 물어본다. 석고상에 입혔을 때를 예상해 보라는 뜻이다. 나

는 흰빛을 선택했다.

옷감을 사 가지고 돌아온 나를 보고 딸은 아버지가 처녀 석고상에게 비상한 관심을 보낸다고 말하고, 질투가 난다고까지 한다.

"딸보다도 석고상이 더 귀여운 모양이지요."

딸의 농담은 재미가 있다. 그러나 나는 웃을 뿐 아무 대답을 하지 않는다. 성숙한 딸은 아버지를 친구나 애인 정도로 상대해서 농담을 던지는 애교가 있다.

어떤 사람은 인형(人形)을 좋아한다. 그런데 나는 인형에 관심이 가지 않는다. 인형의 아기자기한 표정이며 잔재주를 다해서 만든 옷의 장식이 기분을 거스르기 때문이다. 그러나 처녀석고상은 수수하고, 투박하고, 그러면서 균형이 있는 아름다움이 내 기호에 맞는 모양이다. 석고상과 인형은 다같이 사람을 닮았다. 그리고 둘 다 생명은 없다. 하지만 한쪽은 의상에 표현의 중심이 가 있고, 다른 한쪽은 표정과 골격(육체)에 표현의 중심이 가 있다. 그리고 석고상은 조각에서 느끼는 어떤 질량감을 강하게 준다.

옷을 입은 처녀 석고상은 마침내 야마리를 겨우 유지하였다. 엷은 천 속으로 은근히 비치는 석고상의 육체는 이제 완성된 예술품이다. 제법 생동감을 보이면서 사람의 눈을 더욱 모은다.

어깨 위로부터 내리 덮여진 옷감은 결혼식장에 선 신부의 드레스를 닮았다.

그것을 너무 오래도록 바라보고 있는 나를 보고 아내는 또한마디 던진다.

"남자들은 아무래도 좀 엉큼한 데가 있어요."

바로 나 자신을 두고 말하기보다 남자들 전체를 말하는 데는 생각해 볼 진리의 일면이 있다고 인정을 한다.

그러나 나는 속된 육체적인 욕망에서가 아니고 예술품이나 미술품으로서의 관심이라고 설명을 붙이려다가 그만두기로 한다.

세상에서 가장 아름다운 대상이 무엇이냐고 남성에게 묻는다면 대부분의 남자는 여인의 나체라고 대답을 한다. 예술품을 두고 말할 때 하필 왜 여인의 나체가 가장 아름다우냐고 다시 묻는다면 무슨 대답이 나올까? 그 대답 속에 아내가 말한 엉큼의 감정이 작용하는 것은 아닐까? 표현이 엉큼이라고 나와서 좀 험악해졌지만 그것을 다른 말로 고친다면 애욕(愛慾)이라고 해도 좋을 것이다. 애욕의 작용 때문에 여인의 나체가 가장 아름답게 보인다고 한다면 너무 지나친 탐미적인 해석일까? 그러나 애욕은 여성(女性)에게도 있다. 여성은 그것이 소극적으로 나타나기 때문에 엉큼이라는 어휘에서 면제를 받았을 뿐이다.

나체 석고상을 갖다 놓은 지 한 달이 넘지만 나는 아직 싫증을 느끼지 않는다. 엷은 옷감 속에 감추어진 육체의 부드러운 선(線)은 알 수 없는 신비를 느끼게 한다. 다른 실물(實物)과의 대조라든가 그것의 연상에서 오는 신비라기보다 처녀 석고상의 몸에서 풍기는 우아와 신선과 생동감이 나의 마음을 끈다. 마음의 어느 한구석에 아내가 말하는 남자들의 엉큼이 잠재되고 있을지 모르지만 현재의 나의 감정은 오히려 파란 하늘처럼 청명하기만 하다.

(1978.)

부부

　밤중에 잠을 깰 때가 있다. 대개는 용변 때문이다. 일어나서 툇마루를 지나 마당에 내려서면 어떤 때는 달빛이 환하다. 오밤중에 보는 둥근 달은 신비하기조차 하다. 티없이 트인 달의 얼굴에서 자신의 마음을 보는 것 같다. 달처럼 환해진 것 같은 자기 마음에 대한 착각이리라. 화장실이 마당을 건너가야 나타나기 때문에, 밤에 달을 보는 것은 화장실로 해서 얻는 부수입이다.

　달빛이 아까워서 마당에서 좀 서성거리다가 다시 방으로 돌아온다. 문을 다 열어 놓은 방안은 달빛의 여광으로 사람과 물건을 낮같이 볼 수 있다.

　방에는 아내가 혼자 잠들어 있다. 아내의 나이는 지금 오십에 육박하고 있다. 여름이어서 이불을 걷어찬 채로 아무렇게나 뒹굴고 있다. 모기장 속에 갇혀서 세상을 잊고 있는 아내의 몸 전체를 벽에 걸린 그림처럼 바라본다. 낡은 기계가 된 아내의 몸은 많이 쇠잔해 있다. 통통하고 몽실몽실했던 30년 전의 곱던 피부는 기억조차 희미하다. 어깨의 뼈, 기운을 잃은 팔뚝, 장다리는 나무 작대기모양 꼿꼿하기만 하다.

아내는 신부 때 턱 모양이 예뻤다. 동그스름한 선이 잘 만든 빵떡을 연상시켰다. 빵떡 같다고 하면서 소녀를 다루듯 턱을 만지려 들면, 겨우 빵떡이냐면서 내 손을 되밀었다. 그 턱도 이제는 고무 주머니가 되었다. 몸의 어느 한 부분도 아름답다든가 예쁘다고 느껴지는 대목이 없다. 앞으로 시간이 또 지나가면 주름은 더욱 많아지고, 볼은 더욱 깊어지고 피부는 나무껍질이 될 것이다. 그러나 육체 때문에 아내가 옛날보다 더 미워진다고는 생각되지 않는다.

50년이라는 시간이 만들어 놓은 아내의 엉성해진 골격을 바라보면서 나는 한 인간의 역사를 보는 감회가 된다. 좋게 말해서 인생의 완성이나 정리기라고 할 수 있고, 다르게 말해서 인생은 허무요 비참이다.

그래도 사람들은 현명하다. 자기의 늙음에 대해서 말이 없다. 생각하다 생각하다 말을 잃었는지 모른다. 말해 보아야 소용없는 일이라고 체념을 하였는지 모른다.

결혼하던 첫날밤 나는 너무도 숫된 스물두 살의 남자였다. 여자에 대한 체험이 없었던 나는 가슴만 두근거렸다.

당시의 풍속대로 아내의 옷을 벗기려 들었다. 몸에 손이 닿는 것을 의식한 아내는 어쩔 줄 모르는 기색이었다. 그도 나이가 너무 어렸던 것이다. 내가 하는 대로 몸을 맡겨 놓기는 해도 움칠움칠 놀라는 표정이었다. 아내라기보다 나에게는 처음으로 몸을 가까이 하는, 한 사람의 여인이었다. 밤이 깊어지고 문구멍으로 엿듣던 사람들이 흩어져 가자, 그제야 말을 걸어 보았다. 무엇을 처음 물었는지 지금은 기억할 수 없다. 묻는 말에 아내는 순순히 대답을 했다. 고요하고 다정한 음성이었다. 생각보다는 대담한 대답이었다. 내 귀로 들어간 첫여인의 음성이라고 할까? 말의 내용은 잊었지만 이 세상에서 처음으로 듣던, 신선하고 고요하고 다정한 음향이었다.

나는 그때 동작이 너무 서툴렀다. 둔하고, 어색하고 촌스러운 몸짓이었다. 한 번 더 결혼을 한다면 옛날 같은 그러한 서툰 동작은 안 하리라 생각되지만, 그때 서툴렀기 때문에 지금도 당시의 기억이 더욱 생생하다.

사람들은 첫사랑을 자랑삼아 이야기한다. 나의 첫사랑의 대상은 바로 아내였다. 정이 들기 시작한 나는 대단한 연정으로 연애 감정에 빠져 들어갔다. 아내는 친정에 있었고, 나는 직장 때문에 먼 곳에 혼자 가 있었다. 당장 살림을 차릴 사정이 못되었던 것이다.

애인을 생각하듯 나는 온종일 아내 생각에서 떠날 수가 없었다. 아내의 사진 한 장이 유일한 위안물이었다. 서랍 속에 넣어 두고 하루에도 몇 번씩 꺼내 보았다. 눈, 코, 입의 모양, 빵떡 같은 턱, 그리고 전체의 표정이 볼 때마다 나의 마음을 움직였다.

사람들은 그래서 사랑에 미치는 모양이다. 편지도 많이 썼다. 연애 편지와도 같았다. 가진 마음을 그대로 전하고 싶었다. 아내에게서 편지가 오면 외울 정도로 반복해서 읽었다. 편지 중의 어떤 구절은 가슴속 깊은 곳을 만족시켜 주는 참 감미로운 충격도 있었다.

나는 그때의 감상(感傷)을 소중한 나의 인생의 재산으로 지금도 가지고 있다. 아내가 아닌 다른 여성이었다면 첫사랑의 감정이 그와는 다르게 나타났을지도 모른다. 아내와의 애정과, 아내 아닌 다른 이성과의 애정은 질에 있어서 많이 다르다고 한다. 그렇다면 첫사랑의 감정도 다를 수 있을 것이라고 생각해 본다.

잠들고 있는 아내의 표정은 양처럼 평화롭다. 늙었지만 어린아이의 얼굴처럼 순진해 보인다. 자고 있는 악인은 없다는데 아내가 악인이었다 해도 저렇게 평화롭게 보일까?

신부 때와도 같은 얌전도 없고, 여성이 가지는 조심성도 없다. 아내는 두 팔을 활짝 벌리고 멋대로 자고 있다. 나이가 많아지면 여성은 중성(中性)이 되어 간다. 옛날과 같은 여성을 아내에게서 찾을 수는 없다. 다만 있다면 30년 동안 고락을 같이 해 온 역사의 부피이다. 전우애와도 같은 믿음이라고 할까? 아내 때문에 속을 썩힌 일도 있었다. 그러나 과거는 현재 앞에서 힘이 약해진다. 나이 앞에서는 더욱더 약해지는 모양이다. 나는 때때로 아내와 나에게 남아 있는 인생의 길이를 생각해 본다. 10년일까, 20년일까? 그래서 어느날 한쪽 편이 훌쩍 먼저 영원에의 여행을 떠나간다면 남은 한 사람은 어떻게 될까?

때때로 잡지에서 아내를 잃은 외로움을 쓴 수필을 읽는다. 수필을 쓰고 수양이 되고 연령이 높아진 사람도 외로운 심정을 안에 가두어 두기는 괴로운 모양이다. 그 수필을 읽으면 동정과 이해와 공감이 간다. 그러나 수필을 쓴 사람뿐 아니고, 누구나 한 번은 겪어야 하는 인생의 한 과정이라고 생각할 때 나 자신의 일처럼 적막해진다.

밖에는 달이 밝다. 성장한 아들 딸들은 다른 방에서 깊은 잠에 떨어졌다. 넓은 우주 공간에 나와 아내만이 남아 있다는 공허감이다. 나는 베개를 당겨서 자리에 눕는다. 잠이 곧 올 것 같지 않다.

어디에서 귀뚜라미가 운다. 여름이 깊어진 모양이다. 또르륵 또르륵 또르륵! 한참 동안을 울더니 뚝 그친다. 귀뚜라미도 무슨 생각을 해 보는 모양이다. 다시 또르륵 또르륵 하면서 울어댄다. 밤이 외로워진다.

(1976.)

생각하는 사람

생각의 진원지는 가슴 안이다. 여름 밭에 바늘 같은 풀싹이 나오듯이 생각의 싹은 머리에서 가슴에서 수없이 나온다. "생각함으로써 나는 존재한다"라는 말은 생각이 얼마나 중요한가를 이야기하고 있다.

생각에서 발명이 되고, 생각에서 철학이 나오고, 생각에서 예술품이 창작된다. 생각이 없었다면 인간의 문화는 황무지였을 것이다. 개나 말에게 문화가 없고 나무나 곤충에게 철학이 없듯이….

그런데 그 생각 때문에 골치를 앓는 사람이 있다. 잡초 같은 하잘 것 없는 생각에 시달리는 사람이다. 로댕의 「생각하는 사람」은 왜 만들어졌을까. 인간은 동물이라는 사실의 표현일까. 아니면 자기 속에 일어나고 있는 생각에 시달리던, 나머지 그것을 표현해 보고 싶었을까. 나의 생각으로는 아마도 후자 같다. 그 조각품에는 고뇌에 찬 마음이 그려져 있다. 어떻게 살아야 하느냐를 골똘하게 생각하고 있는 것 같다.

생각의 선수는 철학가이다. 세상에 존재하는 온갖 것에 철학가는 의미를 부여한다. "인생이란 무엇이냐"에

최초의 답을 붙인 사람도 아마 철학가였으리라. 그들은 생각의 뿌리를 캐고 또 캐는 천성을 가졌다. 찾고 또 찾는 동안에 마침내는 미망에 빠질지도 모른다. 그래도 포기하지 않고 끝내 나름의 답을 얻어서 "인생은 이것이다. 자연은 저것이다" 하고 심판을 내린다. 한 번 내린 심판이 완전히 맞는다면 다음에 나오는 철학가에게는 할 일이 없어진다. 한데도 철학은 끝도 없이 미래에로 이어간다. 생각하면 할수록 또 다른 답이 나오기 때문이다.

스님은 화두라는 생각의 뭉치를 가슴에 안고 다닌단다. 답이 나올 것 같지 않는 인생의 과제를 놓고 끝없이 생각한다. 과학은 단답이어서 한 번으로 끝난다. 그러나 철학적인 과제는 답이 나와도 다음에 또 다른 답이 떠오른다. 그래서 스님은 답 없는 답을 찾아 5년, 10년, 20년씩 방황한다. 그러다가 어느 날 갑자기 생각의 문이 활짝 열린단다. 답이 나오는 문이 아니고, 무한대의 넓은 문이다. 그 안에는 과제도 답도 없다. 아무것도 없는 무(無)가 온다는 것이다. 그 무(無) 안에 우주가 있고 전체가 있다. 그 전체에 대해서 그들은 설명한다. 그러나 체험이 없는 사람에게는 어렵기만 하다. 생각을 버리기 위해서 생각의 끝을 찾아내는 작업! 그것이 스님들의 깨달음이라고 말한다.

나는 백화점 문화센터에 나가서 가끔 수필을 이야기한다. 수필을 쓰자면 체험한 사실에다 의미를 부여해야된다는 말을 힘들여 한다. 듣고 있던 40대 주부학생이 손을 높게 들었다. 질문이 있다는 것이다.

불교신자인 학생은 절에 가면 스님에게서 생각을 끊으라는 말을 듣는다고 했다. 또 불교서적을 읽으면 마음을 비우라는 말이 씌어 있다고 했다. 그런데 수필반에 오면 체험한 것에 의미를 찾아내라고 한다. 하나는 버리라 하고 하나는 생각하라 하니 혼돈이 온다는 것이다.

나는 그 질문에 대답을 못했다. 생각을 끊으면 수필 공부를 중지해야 되고, 생각을 많이 하면 불교가 엉망이 된다. 법정 스님이 쓴 「무소유」도 생각을 버리는 이야기이다. 그도 생각을 끊기가 힘들었기 때문에 길을 가다가 다시 돌아와서 아끼던 꽃나무를 남에게 주어버렸다. 주어버리고 나서야 해방을 얻었다는 내용이다. 그렇게 되기까지 법정 스님도 많은 생각과 싸웠으리라. 생각을 완전히 버리면 거기에는 나도 없고 너도 없다. 텅텅 빈 허공이 있을 뿐이다. 그 허공을 얻었을 때 그 안에 깨달음이 있고 기쁨이 있단다.

"생각함으로써 나는 존재한다"고 말한 데가르트의 선언은 인간 존재의 영광을 표현한 것 같다. 그러나 "생각함으로써 인간에겐 불행이 있다"고 말해도 될 것 같다. 생각이 없는 나무는 언제나 표정이 평화롭다. 생각이 없는 동물은 현재에만 충실하면 된다.

스님들의 무심(無心)공부는 인간조건에 대한 반역이다. 생각이 주는 고통에서 벗어나기 위해서 한사코 자기를 버리려 한다. 그것은 창조주의 의도에 어긋나는 일이다. 그러나 그래야만 살 수 있다는 방법의 터득이다. 석가는 그래서 몸으로 그 방법을 최초로 개척한 사람이다.

어떻게 하면 잡념을 버릴 수 있는가? 때로 나는 주부학생의 질문을 생각한다. 그 질문이 곧 나에게도 아직 있기 때문이다. '생각할 때는 생각하고, 끊을 때는 끊을 것' 이러한 대답을 생각해 보지만 그게 어디 쉬운 일인가.

책

어떤 사람에게는 문학책이 많고, 어떤 사람에게는 법률책이 많고, 어떤 사람에게는 의학책이 많다. 남의 집 방에 들어가서 어떤 계통의 책이 많은가를 보면 곧 그 집주인의 취향과 직업과 전공을 알 수 있다. 자기의 취향을 외곬으로 이끌고 가는 것은 결함도 있지만 만능보다는 나을 수 있다.

"한 우물을 파라"는 격언이 있다. 한 가지의 전공을 10년, 20년 동안 계속해서 끌고 나가면 어느덧 상당한 수준에 오를 수 있다.

책은 사람을 정신적으로 키우는 양식이다. 그 양식을 많이 먹었느냐 적게 먹었느냐에 따라 무게가 달라진다.

나는 책과 친하면서 오늘까지 살았다. 그런데도 독서가 얼마나 부족한가를 새삼스럽게 느낀다. 서점에 가면 읽고 싶은 신간이 쏟아져 나와 있다. 그런데도 만져 보고 목차를 읽을 뿐 옛날처럼 마음에 든다 해서 곧 사들고 나오지 못한다. 그 까닭은 읽어낼 자신이 없기 때문이다. 첫째로 시력에 자신이 없고 인내에도 자신이 없다. 아직은 많은 새 양식을 쌓아야겠다고 생각하면서도 욕심대로 뜻을 이룰 수 없다.

　서점은 옛날의 양반집 사랑방처럼 항상 기품 있는 분위기를 가지고 있다. 질서 있게 꽂혀 있는 책을 바라보면서 한 시간이나 두 시간쯤 있어도 지루한 줄을 모른다. 10년이나 20년 전에 읽었던 정든 책이름이 보이면 그것을 펼쳐 보고 싶은 생각은 나지 않아도 옛친구를 만난 것 같은 정다움을 느낀다. 그래서 공연히 책등에 쓴 이름에 한동안 눈이 머문다. 신간 잡지는 어느 서점이나 서점 입구에 화려한 빛깔로 전시가 된다. 시사나 계절에 예민한 잡지는 현재가 유월인데도 벌써 7월이나 8월의 간판을 내걸고 앉아 있다. 대체로 그 달의 간판을 그 달 안에 걸고 나오는 잡지는 중량이 있거나 유행성에 약한 잡지이다. 나는 그러한 잡지에 더 호감이 간다. 남의 눈치를 살피지 않는 본래적인 자세를 느끼기 때문이다. 관심이 가는 잡지를 한 권 들고 목차를 살피다가 문득 자기 이름을 발견하는 때가 있다. 원고를 보내 놓고 잊어버렸거나 아니면 막연하게 기다리는 때이다. 잡지에서 자기 이름을 발견하는 때는 애인을 만난 듯 산뜻한 기쁨이 온다. 나는 책을 들고 그 자리에서 나의 글을 다 읽어 버린다. 5분이나 10분쯤은 걸리리라. 그러나 돈을 주고 사고 싶은 생각은 나지 않는다. 기증본이 올 것이라고 예상을 하기 때문이다.

　책은 진리의 그릇이다. 진실의 저장고이고, 웅변의 녹음판이다. 이 세상에 책이 없다고 한다면 우리의 정신 문화는 어떻게 되었을까? 전달의 길을 잃고 연구는 그때 그때로서 단절이 될 것이다. 오늘의 이 풍요한 정신 문화는 연구하는 사람에게도 공로가 있지만, 그 공로의 반은 책에게 주어야 한다.

책은 선인(先人)과 후인(後人)을 연결시켜 주는 교량이다. 책은 전통의 전승자이고, 역사의 이음매 역할을 한다. 옛 사람은 가고 새 사람은 끊임없이 태어나지만, 그들 사이를 대화로써 만나게 하는 일은 오직 책뿐이다.

나는 책을 많이 가지고 있지 않다. 그런데도 읽지 않고 보관만 된 책이 상당수 있다. 욕심이 나서 손에 넣기는 해도 몇 장을 읽는 동안에 실망이 온 책들이다. 어떤 책은 끝까지 읽고 싶으면서 반쯤에서 중단된 책이 있다. 그러한 책은 언젠가는 읽어야 한다는 과제가 남아 있다. 일종의 미련 같은 것이라고 할까, 부담 같은 것이 그 책을 볼 때마다 살아나곤 한다. 그리고 손때가 까맣게 묻은 정든 책이 있다. 아끼면서 알뜰하게 읽은 책이다. 나는 그러한 책에 전우애 같은 신의를 느낀다. 나의 인생과 더불어 고락을 같이 해 온 깊은 애정이 담겨 있기 때문이다.

나는 이사를 자주 한다. 이삿짐을 옮길 때마다 나의 책은 말썽꾸러기가 된다. 부피와 무게가 문제되기 때문이다.

"책은 당신이 처리하세요"

아내는 이러한 불평을 한다. 나는 이사를 할 때마다

퇴근 때 새 집을 찾아갈 뿐이다. 이삿짐을 마당 가득히 흩어 놓고 정리에 바쁜 아내는,

"당신 책은 여기 놓았어요" 하고 책장이 놓여 있는 새 장소로 나를 안내한다. 넓은 벽, 안전한 곳에 책장을 옮겨 놓고, 아직 정리되지 않은 흩어진 책을 아무렇게나 꽂아두고 있다. 책이 밉다고 말은 하면서 책을 천대하지는 않는 아내의 버릇이다.

'나이가 많아지면 책으로써 인생을 즐기리라!'

이 생각은 삼십대에 가졌던 나의 꿈이었다. 소설을 읽고, 수필을 읽고, 가볍게 표현한 철학 서적을 읽으면서 인생을 즐길 수 있다고 생각했었다. 노후의 위안이 그것뿐이라는 상상이었다. 그런데 옛날의 그 생각은 잘못이었다. 지금은 신문을 읽는데도 부담을 느끼기 때문이다.

책은 가슴을 즐겁게 한다. 녹슨 머리를 닦아준다. 고독과 권태가 왔을 때 책은 새로운 빛을 주어서 마음에 변화를 오게 한다. 책은 꿈을 준다. 젊은이에게는 미래에의 푸른 꿈을 주고, 장년에게는 조용한 평화의 꿈을 준다. 그리고 죽음을 맞이할 노년에게는 이승과 저승을 이어주는 유현한 꿈을 주기도 한다.

(1969.)

2.
석양의 꽃

만난 사람

  늦은 오후의 봄을 혼자 거닐어 보고 싶은 유혹으로 집을 나선다. 앞산 공원 입구의 충혼탑 근방에서 차를 내린다. 잡념을 버리자면 마음을 비워야 한다. 가벼운 기분이 되면서 주위의 풍경에 나를 던져 본다. 넓은 평원 속에 혼자 던져진 듯한 정신의 광막을 느낀다. 그 광막을 안고, 걸음을 한 발 한 발 옮기고 있는데 저쪽 편에서 오고 있는 여성 한 사람이 있다.

  가까이 오자 여성은 반가운 표정으로 인사를 한다.

  S양이다. 너무도 뜻밖의 만남이다. S양도 나처럼 봄을 따라 나온 모양이다. 국민학교의 학생같이 90도의 경례를 하고, 밝고 순진한 표정으로 부끄러움을 참는다. S양은 대학교 2학년이다. 책을 들면 책에 취하고, 음악을 들으면 음악에 취한다. 발랄한 동작, 넘치는 생명, 어떤 행동도 귀엽게 보이던 S양이었다. 그 S양의 밝은 얼굴을 만나니까 나의 마음도 한껏 더 밝아진다. 봄을 하나 더 보탠 기분이 되면서 나란히 걸어 본다.

  언덕쪽으로 발길이 간다. 봄 기운에 땅이 녹아서 두

사람이 걷고 있는 뒤에는 움푹한 발자국이 생긴다. 인간이 살아가는 길에는 발자국 같은 흔적이 누구에게나 남는다. 크기도 하고, 작기도 하고, 아름답기도 하고, 추하기도 하고, 오래오래 영원히 남기도 하고, 한때 뿐 곧 사라지기도 한다.

언덕 위로 올라가니까 갑자기 바람이 강해진다. 듬성듬성한 소나무 포기가 바람을 만나서 쏴쏴 솔바람 소리를 낸다.

바람은 소나무 가지를 마음대로 흔들어 놓고 저쪽 언덕으로 또 날아간다. 나와 S양은 적당한 곳에 서서 대구 시가를 내려다본다. 해질 무렵의 대구 시가는 조용한 항구같이 가라앉아 있다. 올막졸막한 집들, 그 사이사이에 큼직하게 솟은 고층 건물들, 그리고 건물들을 정리라도 하듯이 갈라 뻗은 한길. 큰길은 우물정자 같다고 할까? 열십자 같다고 할까? 사람들은 저 속에서 자기 인생을 치른다. 그것이 무슨 의의이며 어떤 목적인가는 알 바 아닌 듯이 그저 그대로 남들 속에 끼여서 자기를 살아 갈 따름이다.

어둠을 의식한 나는 그만 내려가자고 권한다. 공기조차 약간 차가워 온다. 산책객들이 우리 이외에도 여기저기 눈에 뜨인다. 다들 봄 기분을 풀기 위해서 나왔을 것이다. 밤을 휘감고 불어오는 바람이 겨울을 다시 느끼게 한다. 몸이 자꾸 움츠려진다. 충혼탑 아래의 한길까지 우리는 내려왔다.

그런데 한길가에 포장마차 같은 수레 두 채가 불을 켜 놓고 음식을 팔고 있다. 추위에 밀려서 그 안에라도 들어가고 싶다. S양에게 뜻을 물은 후에 포장 수레 속으로 뛰어 들어간다. 젊은 부부와 아기 하나가 웅크리고 앉아서 음식을 만들고 있다.

송편, 찰떡, 군고구마, 과자, 과일, 탁주, 소주에 국수까지 곁들여서 종합 이동 식당이다. 술 종류를 제하고는 어느 것이나 한 개에 10원이라고 한다.

마음이 가는 대로 집어서 입에 넣는다. 작고, 깨끗하고, 맛이 있고, 재미가 있다. 이동 음식점의 품격도 이색적이지만 그 속에 들어가서 음식을 먹는 나의 동작도 좀 파격이다.

배가 불러온다. 몇 개를 먹었는지 수를 알 수 없다.

"모두 얼맙니까?"

대금을 치르어야 한다. 그런데 주인 부부는 도리어 우리에게 수량을 묻는다. 먹는 데만 열중할 뿐, 아무도 수량에 관심을 두지 않았다. S양과 나는 다시 먹은 수를 계산해 보았지만 정확할 수가 없다. 주인 부부는 빙그레 웃으면서 "되는대로 주십시오"라고 말한다. 작은 수레 속에서 그것도 한 개에 10원씩 하는 작은 돈을 모으고 있지만 인심은 솜처럼 부드럽다. 계산을 크게 따지지 않는 주인 부부의 인간성에 호감이 간다. 나는 대강의 수에 좀더 보태서 돈을 내놓는다. 주인 부부는 만족한 듯이 반갑게 손을 내민다.

"많이 파십시오."

인사말을 남겨 놓고 포장 밖으로 나온다. 찬 기운이 봄을 쫓아 버리듯이 대기 속을 꽉 채우고 흐른다. 다시 몸이 움츠려진다. 버스 한 대가 굴러 온다. 정거장이 아닌데도 차는 서슴지 않고 뚝 선다. S양은 또 90도의 그 경례를 한다. 중학교 3학년 때와도 같은 어린 티가 그대로 남아 있다. 재빠르게 버스 위로 올라간다. S양을 태운 버스는 꿈틀꿈틀 움직이면서 속도를 놓는다. 가로등의 불빛을 벗어나면서 어둠 속으로 차체가 사라진다.

나는 다시 광막한 평원 위의 외로운 사람이 된다. 그러나 즐거운 한동안이었다. 직선으로 트인 포도 위를 걷는다. 수많은 별들이 하늘을 꽉 채우고 있다.

공간은 언제나 본래부터 비어 있다. 구름이 지나고, 소낙비가 쏟아지고, 바람이 불지만 그것들은 잠시의 변화일 뿐 하늘은 언제나 파란빛으로 물들어 있고, 대기는 언제나 투명할 뿐이다.

'형식을 버리면서 살고 싶다. 단순하고 솔직하게 살고 싶다. 가을물처럼 맑고 시원하게 살고 싶다. 무엇에도 붙잡히지 말고 본래의 나대로 살고 싶다'

이러한 생각을 하면서 나는 뚜벅뚜벅 어둠 속으로 걸음을 옮겨 놓는다.

(1966.)

묘지

영혼의 거주지로 들어선다는 감회라고 할까? 산책의 기분에서 출발한 것이지만 묘지 입구에 오자 감정이 무거워진다.

묘지로 들어가는 길은 택시가 겨우 다닐 정도의 좁은 길인데 얼마나 많은 차들이 내왕했는지 바퀴 자국이 길을 푹푹 파 놓았다. 오늘은 추석날이다. 성묘객이 아직도 길을 잇고 있다. 서산에 겨우 달린 햇빛을 받는 성묘객은 대개가 흰옷차림이어서 저녁에 핀 박꽃처럼 맑고 희다. 추석차림의 새옷이기도 하지만 모처럼 조상을 찾는다는 예의를 갖추어서일까? 한복을 입은 나이든 사람도 많이 섞여 있다.

동행한 K씨와 나는 묵묵히 발을 옮긴다. 아직 묘지가 보이지 않는 데도 귀로에 선 성묘객은 학생들의 시가 행진처럼 줄이 길고 수가 많다. 그런데 돌아오고 있는 그들의 표정은 거의가 밝고 명랑하다. 고성으로 환담을 나누는 사람도 있고, 술에 취해서 약간 비틀거리는 사람도 있고, 먼 곳에서는 집단의 노래 소리까지 들려온다. 저승으로 간 할아버지, 아버지, 어머니를 찾아

보고 오는 그들의 표정은 슬프다기보다 한 가지의 행사를 끝냈다는 경쾌한 기분들이다.

인생을 홍차 맛같이 살아야 한다던 누구의 말이 생각난다. 죽음도 사실은 인생의 한 과정 속에 있는 행사에 불과하다. 그것조차 홍차 맛같이 겪어야 하지 않을까 하는 생각을 해 본다.

작은 산을 몇 굽이를 돌아 시야가 트이는 곳으로 나서자, 안계(眼界)가 갑자기 넓어지면서 광대한 공동묘지가 나타난다.

나지막한 몇 개의 산이 전부 무덤으로 덮여 있다. 수천이라고 표현할 수 있는 많은 무덤이 빈틈없이 꼭꼭 짜여서 하나의 장관을 이루고 있다.

나는 절로 야! 하고 환성을 올렸다. 기울어진 석양을 받으면서 그들 무덤은 영원한 잠 속에 들어 있다. 군데군데 흰옷 차림의 성묘객은 음식을 차려 놓고 절을 한다. 무덤가에 모여 앉아 그 음식을 먹는 가족도 있다.

질서 있게 놓여 있는 봉분 사이를 K씨와 나는 누비듯이 지나간다. K씨 아버지의 무덤을 찾기 위해서이다. 아직 밟아 본 일이 없는 새로운 세계를 체험하는 것 같은 신기한 생각조차 든다. 걷는 길 옆에 솥뚜껑 같은 작은 봉우리가 보이기에 무엇이냐고 물으니까 K씨는 '아기 무덤'이라고 한다. 장소의 선택을 하지 않았다고 느껴지는 낮은 곳에 그것도 수십 개씩 집단이 되어서 모여 있다. 아기라고 해서 푸대접을 받는 것 같다. 그러나 이 세상에서 잠시나마 하나의 생명체로 살았다는 증거로서 솥뚜껑 같은 흔적이라도 얻었으니까 다행한 일이라고 할까?

걷는 동안 나의 눈이 멈춘 곳이 있었다. 어느 무덤 앞에 앉은 사십대로 보이는 한 장대(壯大)한 사람의 표정이었다.

석양을 등지고 앉아서 깊은 생각에 잠겨 있다. 그의 앞에는 소주병과 종이 위에 놓인 몇 가지 과일뿐이었다. 부근에는 아무도 없었다. 혼자서 묵상에 잠긴 허허로운 표정이었다. 아버지의 무덤일까? 어머니의 무덤일까? 아니면 아내의 무덤일까? 어쩌면 사랑하는 아내의 무덤일지도 모른다. 그는 필경 무덤에 부었을 그 소주 한 잔을 자기도 따라서 먹고 취기에 젖어 감상(感傷)에 붙잡혀 있는 것이리라!

인생이 허무하다고 느끼는 순간은 주검 앞에 놓였을 때다. 어제까지도 이야기를 나누던 사람이 싸늘한 시체가 되어서 무생물이 되었을 때 인간은 허무를 느끼지 않을 수 없다. 사랑하는 아내를 잃고, 몇 달이나 혹은 일 년이나 지나서, 무덤이지만 그의 옆에 앉았을 때, 어떤 감회가 떠오를까? 회한과 고독, 허무와 적막, 그러한 생각에 잠겨 있을까? 그는 언제까지 그런 표정으로 앉아 있을 것인지 꼼짝도 않는다. 우리가 그 옆을 지나갔지만 표정 하나 바꾸지 않았다. 너무 깊은 생각에 잠겼을 때 지나가는 우리 따위가 문제될 것은 아니었다. 현상은 물거품처럼 부유하는 것, 그는 아마 저승에 가 있는 아내나 어머니, 또는 아버지와 무슨 은밀한 대화를 나누고 있었는지도 모른다.

K씨가 발을 멈춘 곳은 K씨 아버지의 무덤 앞이었다. 굳이 묘지를 따로 선택하지 않고 공동묘지에 아버지를 모신 K씨의 소탈한 평민성이 새로 느껴진다. '선량한 아버지 ○○○의 묘'라고 쓴 묘비가 서 있다. 대부분의 묘지가 '○○金氏之墓' 등의 형식으로 표현되어 있는데 K씨 아버지의 묘에는 '선량한 아버지……'해서 한글로 쓰여 있다. 그는 20년 전에 자기의 고집으로 묘비의 글을 그렇게 표현했다가 집안 어른들에게 많은 반발을 받았다고 한다.

K씨는 아버지 묘 앞에서 절을 하지 않았다. 무덤 옆에 앉아서 나와 한동안 이야기를 나눌 뿐, 곧 일어났다.

나는 작년 가을에 고향에 갔다가 나의 아버지 무덤을 찾은 일이 있다. 술 한 잔 드리고 아버지께 절을 올리니까, 왜 그런지 절로 눈물이 흘러서 참을 수가 없었다. 깊은 가슴으로부터 새어 나오는 오열 같은 눈물이었다. 아버지의 표정이 곧 무덤의 표정으로 느껴지면서 그칠 줄 모르게 눈물이 나왔다. 담담한 K씨의 표정을 보고 '무덤 앞에서 눈물을 낸, 나는 아직 얼마나 어린 마음인가?' 하고 혼자 생각해 본다. K씨는 때때로 아버지 생각이 나면 혼자 아버지 무덤을 찾아온다고 한다. 형식의 구애를 받지 않는 K씨의 평소의 생활이 무덤 앞에서도 여러 면에서 표현된다.

거기서 오른쪽으로 몇 걸음 옆에 특별히 좀 큰 비석 하나가 보인다. 우리는 그쪽으로 발길을 옮겼다. 넓고 두꺼운 좋은 질(質)의 비석에 비문(碑文)까지 새겨져 있다. 아마 돈을 좀 가진 사람의 무덤인 모양이다.

'허허로운 대지의 모든 것을 사랑하면서 학처럼 살다가 구름처럼 간 사람이 여기 있다'던가? 정확한 기억은 아니지만 이런 뜻의 표현이었다. 그 옆에 48세의 나이로 이승을 떠났다고 적혀 있었다. 비문의 표현도 깨끗하다는 인상이었으나 48세라고 한 연령에 나의 생각이 또 멈칫한다. 48세면 나의 나이보다 하나 적다. 아직도 이렇게 걸어다니고 있는 내가 있는데, 그는 벌써 땅 속으로 들어갔다고 생각하니까 나는 다행한 사람인가? 미련한 사람인가?

흔히 사람들은 오래 살기를 원하지 말고 깨끗하고 멋있게 살아야 한다는 말을 한다. 나의 지금까지의 인생은 어떠했던가? 언젠가 한 번은 조용히 지난 과거를 평가해 볼 날이 오겠지만 지금은 아직 생각하고 싶지 않다.

빈 손으로 와서 빈 손으로 가는 인생이라면, 살아 있는 동안에도 빈 손으로 살 수 있는 것은 아닐까? 아무 것도 가진 것이 없는 나에게는 사실 빈 손뿐이다. 돈도 없고, 벼슬도 없고, 명예도 없다. 놓고 가야 할 소중한 것이 하나도 없으니까 마음인들 오죽 가뿐하랴?

깨끗하게 살고, 멋있게 살 수 없는 것이 한이라면,

그 한조차도 버리도록 노력이나 해야겠다. 그래서 가벼운 마음이 되면서 비석을 뒤에 두고 발길을 돌렸다.

(1975.)

정구

운동에 취미를 가지는 일은 두 가지 면에서 이득이 있다. 한 가지는 흥미이고 또 한 가지는 건강이다. 운동을 순전히 건강만을 위해서 한다고 하면 그것은 고역이 될 것이다.

이른 새벽부터 말 없이 거리를 달리고 있는 마라톤 연습생은 땀을 흠뻑 흘려서 얻는 쾌감을 경험할 것이고, 무거운 쇳덩이를 어깨 위까지 올려서 전신의 압축을 경험하는 역기 선수는 무게가 주는 중력에 남이 알지 못하는 쾌감을 맛볼 것이다. 운동에 만약 흥미가 따르지 않는다면 그것은 노동과 같다. 노동은 임금을 받는다는 재미라도 있지만 운동은 그것조차 없다. 그래서 운동은 흥미를 수반하기 때문에 싫증을 느끼지 않고, 몇 달, 몇 년 또는 평생을 두고 계속할 수 있다.

선천적으로 날 때부터 운동에 소질을 가진 사람도 있지만, 어떤 사람은 의식적인 노력으로서 운동의 취미를 기르는 사람도 있다.

요즈음 등산을 하는 사람이 많은데, 처음에는 건강을

위해서 시작한 등산이 차츰 취미로 변했다는 사람이 있다. 인간은 어떤 기능이든 연습을 계속하면 숙달되는 모양이다. 다만 선천적으로 소질을 많이 받은 사람은 발전이 빠르고 성장을 크게 한다. 나는 어떤 운동에도 소질이 없다. 하늘이 나를 둔한 사람으로 만들어 놓았기 때문이다. 거기다가 건강조차 좋지 않다. 위장을 약하게 만들어서 사흘을 건너기 바쁘게 설사를 해야 한다.

남들이 다 좋아하는 술을 먹지 말아야 하고, 설사약을 상비약으로 항상 준비해 두어야 한다. 그래서 건강을 위해서 무슨 운동이든 해야 되겠다는 욕심에서 정구채를 가끔 들어 왔다. 그것이 요즈음은 취미 같은 것으로 변화를 가져왔다.

무슨 일이든 한 가지 일에 10년을 두고 계속하면 상당한 수준에 달한다고 봐야 하는데, 나의 정구 역사는 20년을 조금 넘는 데도 기능은 중하(中下) 정도를 유지할 뿐이다. 그러나 이것이 취미로 되었다는 것은 정구를 치지 않고는 허전할 정도로 몸에 어떤 습관 같은 것이 생겼기 때문이다.

방학 때가 되면 이른 아침부터 정구채를 들고 거리에 나선다. 나의 실력을 모르는 이웃 사람들은 나를 굉장한 정구 선수로 알는지 모른다. 선수가 아니고서야 어떻게 어둑한 새벽부터 정구채를 들고 거리를 어슬렁

거릴 수 있단 말인가?

가까운 학교 운동장으로 발길을 옮기면 교문 근처에서 정구 치는 음향이 들린다. 그 음향이 의욕을 더욱 유발한다. 팡! 하는 탄력성 있는 공 소리가 총알처럼 허공을 왕래하면 공연히 심장에 힘이 솟는다.

정구의 재미는 어디에 있는가? 사람에 따라 다르겠지만, 나에게는 공이 라켓에 적중할 때의 쾌감에 있다. 라켓의 중심 부분에 공이 강하게 맞으면 전율적인 쾌감이 온다. 팔에도 통쾌한 감각이 오고 심장과 청각에도 상쾌한 음향이 전달된다. 어떤 악기를 퉁겼을 때와도 같은 음향! 그 음향이 흥을 돋군다. 그리고 그 음향 때문에 피로를 잊어버린다.

그런데 나는 정구를 치면서 하나의 철학을 얻었다. 상대편의 공이 강하게 올 때는 나도 공을 강하게 받아야 한다는 사실이다. 강하게 오는 공을 부드럽게 받으면 공의 방향이 예상외의 곳으로 빗나가든지 아니면 내가 상대편의 공에 밀려 버린다.

인간은 살아가는 동안에 때로는 본의 아닌 싸움도 해야 한다. 상대편이 악과 힘으로 공격해 오는데 이쪽은 양보와 양심으로만 대결하면 악에게 승리를 주는 결과를 만든다. 힘은 힘으로 받아야 한다는 철학을 사회 생활에서 체험했는데 정구를 통해서 다시 확인할 수 있었다.

'이기는 것이 정의다'라는 말이 있다. 이 말은 윤리에 맞지 않는다. 하지만 실제의 생활에서는 통용되는 수가 있다. 정구든 싸움이든 대결을 하자면 힘의 균형을 유지해야 한다. 그래서 힘의 균형을 유지하기 위해서는 선의만을 따지기 전에 먼저 상대편의 힘을 꺾기 위한 자신과 용기와 힘을 가지고 대결해야 한다. 정구는 그러한 교훈을 나에게 일깨워 주고 있다.

(1970.)

산책지

내가 이 세상에 태어나기 이전의 원점(原點)은 어디였을까? 나라고 하는 생물의 형체가 만들어지기 이전의 상태는 어떠하였을까? 이러한 문제를 더듬어 보는 작업은 나의 근원을 확인해 보려는 유익한 노력으로 생각한다.

나는 길을 걷다가 몸에 피로가 오면 멈추어 서서 길가의 나뭇가지를 바라보는 버릇이 있다. 아무 생각도 없이 바람에 몸을 흔들고 있는 그 가지에서 자신의 원점 같은 것을 발견하는 위로가 있기 때문이다. 피로하기 이전의 상태, 괴로움 이전의 상태가 나뭇가지에는 충만해 있다고 생각되어서이다. 책상 위에 놓여 있는 잉크병, 밥상에 차려 놓은 찌개 그릇 등을 바라보면서도 나는 나의 원점을 생각해 볼 때가 있다.

사람의 마음은 잠시도 쉴 사이가 없다. 이 생각이 끝났는가 하면 저 생각이 밀려오고, 이 문제가 해결됐는가 하면 저 문제가 다시 고개를 든다. 그러한 일상의 일에 마음이 팔리고 있으면 자기의 정체가 어디에 있는

가 하는 의문이 생긴다. 그 때에 나무와 산, 하늘과 구름 같은 거대한 자연을 바라보고 있으면 그 묵묵한 자세에서 나를 되찾는 환원을 느낀다. 그리고는 챙겨서 나 자신의 자리로 돌아가야겠다는 노력을 한다.

나는 원점에 머물러 있기를 원한다. 원점이라는 자리는 나도 남도 아닌 공통의 어떤 근원지일지도 모른다. 내가 없으면서 그러나 어느 때보다도 나를 완전히 확보하고 있는 자리, 그곳을 나는 원점이라고 말해 본다. 원점을 지키고 있을 때라야 사람들은 객관적인 눈을 가진다. 사물을 보는 안목이 정확해지고, 나 자신까지도 그 눈으로 바라보기 때문에 편협에 떨어지지 않는다. 희로애락이 정지된 자리라고 할까, 정지되어 있으면서도 사실은 일체의 감정이 조화 통일돼서 완전을 이루고 있는 무취(無臭), 무색(無色), 무감(無感), 무동(無動)의 자리이다.

원점을 비유해서 표현한다면 십자로의 중심점이라고도 할 수 있다. 그곳에서부터 생각이 사방으로 갈라져 나가고, 흩어졌던 사방의 생각들이 그곳으로 모여드는 자리이다.

수로 말하면 0〔零〕과도 같다. 0은 모든 수의 중간에 위치하면서, 있는 것도 아니고 없는 것도 아닌 수량을 나타내고 있다. 그러나 0은 평형을 유지하고 있다. 0에서 출발해서 흩어지고, 흩어졌던 수들이 0으로 다시 모여든다고 할까. 그러나, 한 번 돌아오면 우물물 속에 잠겨서 형체를 감추듯, 일체가 0 속으로 숨어 들어가서 무화(無化)되어 버린다. 나는 자신의 마음을 0의 자리에 묶어두는 연습을 가끔 한다. 내가 0에 머물고 있는 동안은 정서가 지극히 안정된다. 이 세상의 모든 것을 모아서 완전이라는 단어 속으로 흡수시키는 평안을 느낀다.

유교에서는 중용(中庸)을 말한다. 중자(中者)는 불편불의무과불급(不偏不倚無過不及)이라고 해서 한편으로 기울지 않고, 과하지도 않으며, 모자라지도 않아야 된다는 주장이다. 원점과 중용은 위치에서 조금 차이는 있으나 대체로 보아 닮은 면이 많다.

사람의 머리는 항상 생각으로 채워져 있다. 그 머릿속을 진공으로 비운다면 어떻게 될까? 아무 생각도 없는 완전한 공(空)으로 되어 있을 때 그곳에는 다른 어떤 침입자도 허용이 안 된다. 그러면서 완전히 비어 있기 때문에 반대로 다른 무엇도 수용될 수 있는 준비가 되어 있다.

원점도 그와 같은 형상은 아닐까? 아무 것도 없는 완전한 무(無)는 그것이 무(無)라는 양(量)으로 꽉 채워졌기 때문에 따라서 다른 또 하나의 완전을 이루고 있다. 그래서 원점은 완전의 자리이다. 조화, 통일, 원융(圓融), 절대(絶對)의 자리라고 할까? 완전한 인간이란 곧 원점에서 살고 있는 사람이다. 나는 원점에서 살기를 원한다고 하였으면서 사실은 원점에서 너무도 먼 곳에 떨어져서 살고 있다. 공연히 사람을 미워하는 일에 열을 올리기도 하고, 어떤 때는 무익한 고독에 빠져 들어가서 자신과 싸움을 벌이기도 하고, 어떤 때는 생각해도 소용이 없는 잡념을 반복하기도 한다.

파스칼은 사람을 이중적 존재라고 말하였다. 원점을 생각하면서 그곳에 머물고 있을 때는 도인이라도 된 것 같은 완전을 의식하다가도 어떤 때는 성이 무너지듯 타락된 속인으로 여지없이 전락해 버리기 때문이다. 도인(道人)과 속인(俗人) 사이를 넘나드는 이중적 존재가 수양을 쌓지 못하고 있는 나라는 동물이다.

하지만 나는 고향을 가지고 있다는 다행을 느낀다. 생각만 있다면 언제든지 원점이라는 마음의 고향으로 나를 안내해서 데리고 갈 수가 있다. 나는 그 고향에서 머물 때가 가장 행복하다.

산책을 나설 때는 누구든지 일체의 괴로운 잡념에서 해방되기를 원한다. 홀가분한 기분이 돼서 한가를 누리고 싶은 심정이 된다. 그 모양 나의 산책지는 때로 원점 지역(原點地域)이 될 수 있다. 무겁고 우울할 때는 그것에서 놓여나기 위해서 나는 원점 지역을 소요한다. 그러면 평화롭고 청명하고 광활한 지역이 가슴 한구석에 나타나면서 나를 그 안에 거닐게 한다. 산도 없고 나무도 없고 하늘도 없지만 그 안은 모든 것을 갖춘 곳보다도 더 아름답고 여유가 있고 운치가 있고 평화가 있는 이상적인 산책 지역(散策地域)이 된다.

(1970.)

석양의 꽃

달리던 택시가 밤나무 숲 근방에 두 사람을 내려놓고, 방향을 바꾼다. 숲 속에서 학생들의 노랫소리가 들려오고 있다. 하기 수련을 나온 중학생이 원형으로 둘러앉아 놀이를 벌이고 있다. 토끼같이 뛰고, 새같이 노래하는 소년들.

그들은 자연 속의 다른 자연이 되어 또 하나의 새 자연을 만들어 놓았다. 동행한 R여사와 B씨는 놀이마당 옆을 지나면서 그들이 귀엽다고 느낀다. 누구나 저러한 소년 소녀 때를 가졌지만 먼 기억 속으로 사라지고, 지금은 세월의 무게를 등에 지고 다녀야 한다.

밤나무 숲이 끝나는 장소에 의자 몇 개가 놓여 있다. 지친 사람은 몸을 놓고 쉬어 가십시오 하는 친절이 보인다. 그 곳에 두 사람은 앉는다. 눈앞에 산이 우뚝 솟아 있고, 밤나무 꽃 냄새가 코를 찌른다. 쥐꼬리만한 꽃줄기를 늘어뜨린 밤나무 꽃은 다른 꽃보다 지각해서 핀다. 산 아래로 하얀 빛깔의 백로 한 마리가 휘적휘적 날개짓을 한다.

옆에 앉아 있던 R여사의 입에서 노래가 흘러 나왔

다. 가사의 뜻은 구별되지 않고, 음성이 비단결처럼 곱다. B씨는 말없이 귀를 그 쪽으로 기울이고 있다. 가슴에 감정의 무늬가 일어난다. 푸른 자연 속에서 들려오는 여인의 노랫소리가 잃었던 낭만을 살아나게 한다. 노래를 끝낸 R여사는 무슨 생각을 했던지

"선생님, 일본 노래 불러봐도 좋아요?"

하고 묻는다. 일본말과 일본노래에 대해서 별로 좋은 감정을 가지고 있지 않는 B씨였지만 지금은 사정이 다르다. 다른 사람이 없을 뿐 아니라, R여사가 부르고 싶어한다.

아이다사 미다사니 고와사모 와스레
(만나고 보고싶어 무서움도 모르고)
구라이 요미찌오 다다 히도리
(어두운 밤길을 다만 혼자서)
아이니 기다노니 나제 데데 고나이
(만나러 왔는데도 왜 나오지 않아)
데루니 데라레누 가고도 도리
(나가려도 못 나가는 장속의 새)
......

대답이 나오기도 전에 노래는 벌써 입밖으로 새어 나왔다. B씨는 숨을 죽이고 귀를 기울인다.

열일곱 살쯤이었을까. 막연히 소녀를 그리면서 감미롭게 부르고 다니던 사랑의 노래이다. 아늑하고 아름답고 부끄러움이 담긴 가사의 내용이 B씨를, 잊었던 옛

날로 끌어간다. 50년 전의 노래인데도 어제의 일처럼 세월이 금방 압축되어 온다.

인생은 그리하여 자기 가슴 안에 정서의 깊은 우물을 파 놓는다. 다만 그것들이 그늘에 가리워지고 세월에 막혀서 평소에는 보이지 않을 뿐이다.

"국민학교 학생 때 이 노래를 부르다가 어머니에게 혼이 났어요. 그 때는 뜻도 모르고 언니들이 부르니까 흉내를 냈거든요."

말하는 R여사의 표정은 60살이 아니고 십오 세의 소녀가 된다. 어른 속에 어린이가 공존하고 있다고 할까? 정서는 연령을 초월한다.

앞에 백로 한 마리가 또 날아온다. 백로의 서식처가 부근에 있는 모양이다. 긴 날개를 휘적휘적 흔들면서 저공으로 날더니 저쪽편 산 중턱으로 방향을 바꾼다. B씨는 백로의 진행을 보다가 다른 생각을 한다. 가까운 곳에 강물이 있을 것 같다는 예감이다. 좀 떨어진 거리에 높은 둑이 있고, 그 둑 위를 걷고있는 사람이 보인다. B씨는 의자에서 벌떡 일어난다. 강물을 확인해 보고 싶은 것이다. 웅덩이를 지나고 밭둑을 건너 둑에 이르렀을 때 B씨는 큰 발견이라도 한 듯이 팔을 높게 쳐들었다. 그 곳에 강물이 유유히 흐르고 있었다. 비가 온 뒤라 물빛이 황토색이고 수면에는 나무 조각이 뜨고 있었다. B씨는 R여사를 향해 손짓을 한다.

두 사람은 나란히 강둑을 걷는다. 연인 같은 마음이 된다. 그러나 아직 연인은 아니었다. 이름붙일 수 없는 감정의 접근을 느끼고 있었다. 친구 같다고 할까?

강 건너편에 산이 있고, 푸른 나무 속에 오직 한 점 흰빛이 보인다. 날아가던 백로가 거기 앉아있는 모양이다. B씨는 즉흥으로 "白一點" 하는 소리를 낸다. "홍일점(紅一點)이 아니고 백일점(白一點)이네요" 하면서 R여사가 반응을 보인다. 침묵인 채 걷던 R여사가 갑자기

"선생님은 연애해 본 적이 있어요?"고 묻는다. B씨는 대답이 얼른 나오지 않는다. 어디까지를 연애라고 해야 하나? 바람결처럼 피부에 닿다가 지나가 버리는 감정도 있고, 혼자서 멋대로 상대를 생각하는 사랑의 감정도 있다. 사랑인지 뭔지 구별도 안 되면서 오랫동안 만나고 헤어지고, 헤어졌다가 만나는 사귐의 과정도 있고, 오는 감정은 느끼면서 가는 감정은 느끼지 못하는 만남도 있다.

"사랑을 해본 일이 없다고 하면 믿겠습니까?" B씨의 대답이다.

R여사는 말없이 조용히 웃기만 한다. 강둑을 따라 내려간 곳에 널펀한 풀밭이 나온다. 물기를 머금은 풀밭에는 온갖 풀꽃이 고개를 들고 있다. 물기를 피해 징검징검 발을 옮기고 있는데 앞에 노오란 민들레꽃 한 송이가 눈에 들어온다. R여사의 표정이 금세 밝아지면서 민들레 옆으로 가더니 두 손으로 꽃을 꼬옥 감싸 안는다. 많이 귀여운 모양이다. 바라보고 있던 B씨는 그 광경에서 두 송이의 꽃을 느낀다. R여사도 한 송이의

꽃이 된 것이다.

인간과 꽃과의 교감을 보면서 세상에 있는 모든 생물은 때로 가족관계가 될 수 있다는 생각을 한다. 버려두면 전혀 남이 되지만, 감정을 주고 받으면 바로 가족이 된다. 인간끼리도 그런 것 아닐까.

꽃을 끌어 잡고 있던 R여사가 일어난다. 꽃과 노래를 마음 가득히 가지고 있는 R여사는 소녀와 노년을 함께 사는 사람이다. 돌아가기 위해서 앞에 보이는 도로 위로 두 사람은 올라간다. 질주하는 차량이 소음을 남겨놓고 줄을 잇는다.

길가에 서서 두 사람은 서쪽 하늘을 바라본다. 거기 저녁해가 벙글벙글 기웃거리고 있다. 그 위에 집덩이만 한 구름 한 덩이가 햇볕을 받고 아름답게 물들어 가고 있었다.

여제자

여학교에서 오래도록 근무하는 사람은 손해를 본다는 말이 있다. 졸업한 뒤에 스승을 잊어버리기 때문이라고 한다. 잊어버린다기보다, 길가에서 만난다해도 인사하기조차 부끄러워한다. 남자 졸업생같으면 덥수룩한 머리와 순진한 표정으로 꾸벅 인사를 하고는 "선생님 커피 한잔 사겠습니다" 하면서 앞장을 서기도 한다.

친구 한 사람은 남학교에 오래도록 근무했다. 은행, 우체국, 철도역, 세무서, 학교, 행정기관 등 어디에 가도 한두 사람의 졸업생을 만난다고 한다. 아파트분양 신청을 하기 위해서 하루는 일찍부터 주택은행의 긴 행렬 속에 끼어 있었다. 100명에 가까운 사람이 자기 앞에서 순서를 기다리고 있었다. 그대로 기다릴 것이냐 몇 시간 후에 다시 올 것이냐를 생각하다가 현재의 위치가 아까워서 계속 기다리기로 했다. 멍청히 천장을 바라보고 있는데 갑자기 "선생님 오셨습니까?" 하고 큰 소리를 내는 사람이 있었다. 돌아보니까 졸업생이었다. 주택은행에 근무하고 있다고 했다. "선생님, 저쪽의 의자에 가 앉아 계십시오 제가 처리해 드리겠습니다" 하고는 서류를 들고 나가더니 이십 분도 못돼서 접수를 끝냈다는 것이다. 친구는 남학교에 많이 근무한 자랑을 그때도 했다. 그것 보라는 표정이었다.

나는 여학교에 많이 근무했다. 여학생은 예쁘고, 영리하고, 인정에 넘친다. 상냥하게 웃으면서 가까이 다가올 때는 예술품이 걸어오는 기분이 된다. 그들 속에는 오직 꽃 같은 마음이 있을 뿐이다. 어떻게 하면 더 예뻐질까 어떻게 하면 자기 마음을 알아줄까 하는 순수한 감정만을 가지고 있다. 나는 30년 전에도 여학교에 근무했고 최근에도 남녀공학의 중학교에 근무했다. 정년퇴임을 며칠 앞둔 어느 날이었다. 지나간 세월에 대한 감회에 젖어서 학교 운동장을 거닐고 있는데 여학생 하나가 다가오더니 작은 종이봉지 하나를 내밀었다. "무엇이냐?"고 물으니까 "풀어 보시면 아실 거에요" 한다. 여학생이 돌아간 뒤에 교무실에 가서 종이봉지를 풀었다. 속에 초콜릿이 담긴 엷은 네모통이 나왔다. 바둑돌만큼한 사각 초콜릿 조각이 수십 개나 들어 있었다. 나이가 많은 선생님은 과자를 좋아한다고 생각했던가! 봉지 속에 편지 한 장이 들어 있었다.

"정년하신다니 슬퍼집니다. 가끔 교실에 오셔서 좋은 이야기를 해주시던 선생님을 저는 존경합니다. 건강하시고 앞으로도 우리 학교와 저를 영원히 잊지말아 주시면 감사하겠습니다. 안녕히 가십시오…… ○○○올림"

가슴이 뭉클해왔다. 얼굴도 분명하게 기억할 수 없는 그 학생의 마음은 너무 곱고 앙증스러웠다. 과자봉지를 펴서 교무실의 여러 선생님 앞에 내놓으니까 과자의 뜻이 무엇인지 아십니까고 묻는다. 나는 대답할 수가 없었다. 어느 여 선생님이 "이건 존경을 뜻하는 과자입니다"고 말한다. 또 한 번 그 여학생의 지혜를 생각했다. 그런 것도 모르고 지낸 나의 상식이 되돌아 보여졌다. 어느날 남학교에 오랫동안 근무했다는 친구를 만났다. 그 동안의 안부를 물은 뒤에 초콜릿 이야기를 꺼냈다. 친구는 "하하 그것 좋아, 神은 역시 공평한 거야. 여학교는 그런 재미로 근무하는구나, 나는 40년 동안 근무해도 그와 같은 아기자기한 맛을 한번도 못 보았어…" 한다.

아들만 셋을 가진 아버지가 있었다. 어느날 딸을 가진 아버지의 집을 방문했다. 대학에 다니는 딸이 예쁜 걸음으로 나와서 커피도 내놓고, 과일도 깎으면서 아버지와 다정한 이야기를 서슴지 않고 나누었다. 옆에서 보고 있던 손님은 귀엽기 짝이 없었다. "나도 저런 딸을 하나 가질 수 있었다면?…"하면서 처음으로 딸 생각을 해 보았다는 이야기를 들었다.

한쪽이 길면 다른 쪽은 짧다. 한쪽이 모자라면 다른 쪽은 넉넉하다. 물질적인 부자에게 정신적인 빈곤이 있고, 정신적인 부자에게 물질적인 결핍이 있을 수 있다. 어느 쪽이 더 나으냐 못하냐는 사람의 주관에 있다. 남과 나를 끊임없이 비교하면서 살아가는 인생은 허공에 뜬 생활이다. 자기 것을 소중히 아끼면서 그것을 잘 다독거리는 생활 속에 참된 행복이 있다.

아동문학가

아동문학을 하는 B씨와 버스를 탔다. 차에 오르면서 호주머니에 손을 넣는 B씨를 밀치고 차비를 내가 냈다. 버스 안은 조용했다. 둘레의 의자가 겨우 찼을 뿐 중앙의 공간은 텅 비어 있었다.

한동안 달리던 차가 정거장에서 선다. 서기 바쁘게 우루루 많은 손님이 몰려들기도 하고 한두 사람만이 한적하게 오르기도 했다.

그 속에 섞여 소년 하나가 올라탔다. 허름한 옷에 얼굴에는 궁색이 흐른다. 소년은 차안의 공간을 자기의 땅인 양, 한가운데로 가 서더니 손을 맞잡고 노래를 뽑기 시작했다. 어느 영화의 주제가였다. 그 당시 한창 유행하던 노래였다. 잘 부른다기보다 열심히 불렀다. 그러나 표정이 없는 노래였다.

나는 그의 노래가 무엇을 뜻한다는 것을 이미 알고 있었다. 소년은 일 절을 끝내더니 예상과 같이 손님에게로 와서 손을 내밀었다. 때가 묻은 작은 손이었다. 주어도 그만 안 주어도 그만이라는 부담없는 표정이었다. 손을 내놓고 잠시 섰다가 반응이 없으면 다음으로 옮겼다.

대부분의 손님은 무표정이다. 돈을 꺼내는 사람은 다섯 사람에 하나꼴은 될까. 그런 일을 많이 당해 본 표정이다. 옮겨가다가 아동문학가인 B씨의 차례가 되었다. 나는 갑자기 관심이 모였다. 그런데 B씨도 무표정 그대로이다. 잔돈이 없어서일까! 소년들에게 구걸하는 버릇을 만들 수 없다는 것일까! 나의 차례가 되었다. 조금은 귀찮다는 감정이 온다. 대여섯 잎의 동전이 손바닥에 보인다. 동전 하나를 꺼내 손에 놓는다. 소년은 무표정 그대로 고개만 까딱한다. 고맙다는 감정이 일어나는지, 아니면 습관 같은 것인지 모른다.

소년은 끝까지 돌더니 다음 정거장에서 가볍게 내렸다. 버스가 오면 또 타리라. 그리고 목청을 돋구어 노래를 또 부르리라. 손을 펴고 차례로 돌아가는 소년의 동작이 상상된다. 직업적이라고 할까. 돈을 모아서 어디에 쓸까. 다른 소년들이 입에 물고 다니는 아이스크림을 사 먹을까. 가정에 가져가서 어머니에게 바칠까, 아니면 병석에 누워 있는 나이 많은 아버지에게 밥을 지어 올릴까. 공연한 공상을 그날 나는 많이 했다. 한두 사람이 아닌 소년들의 구걸을 나는 그날 따라 왜 많이 생각했는지 모른다.

그리고 아동문학가 B씨에 대한 생각이다. 아동문학가 뿐만 아니고 시나 소설 또는 수필을 쓰는 사람들이다. 그들은 자기의 글 속에 인간을 많이 다루고 있다. 인간에 대한 연민, 인간에 대한 구제의식, 인권의 옹

호, 인간이 지니는 진실성, 철학 등 인간문제를 떠나서 문학은 있을 수 없다. 인간의 문제를 다루면서 그것을 미화하여 독자에게 예술적인 감동도 주지만 직접 인간에 대한 애정을 가지고 문학 뿐 아니라 행동으로 참여하기도 한다.

그런데 오늘 나는 B씨를 바라보면서 나 자신을 생각하는 기회를 얻었다. 문학은 문학만으로 끝나야 하는 것일까. 행동과 문학은 일치되어야 하는 것일까.

어느 수필회 모임이 있었다. 회원 한 사람이 비에 젖은 신문 한 장을 들고 늦게 참석하였다. 밖에는 가랑비가 내리고 있었다. 이야기인즉 가랑비를 맞으면서 바쁘게 오고 있는데 어느 벽밑에 앉아서 신문을 팔고 있는 소년을 만났다. 그곳을 지나쳤다가 발이 멈춰져서 다시 돌아가 신문 한 장을 사 가지고 왔다는 것이다. 그 사람의 표정은 신문을 보고 싶어서가 아니고 가랑비에 젖고 있는 소년을 그냥 넘길 수 없었다는 데에 있었다. 나는 그날 상당한 충격을 받았다. 비에 쫓기면서도 다시 돌아간 그분의 관심을 나는 따를 수 없었기 때문이다.

인간에 대한 감상적인 구제의식! 그런 것을 과대하게 나는 평가하고 있는 것은 아닐까 그것이 무엇을 얼마만큼 해결한다는 것일까? 오히려 작품을 통해서 인간을 이해하고 인간을 지키고 인간의 행복을 위해서 과제를 제시해 주는 것이 문학인이 하는 사명은 아닐까.

그러면서도 버스에 같이 탄 아동문학가 B씨의 표정

을 나는 아직 잊을 수 없다. 그 표정이 옳으냐? 나쁘냐?보다 그의 자세 속에서 내가 설 자리를 생각해 봐야 하기 때문이다.

저녁 노을

전근을 다녀본 경험은 누구에게나 있다. 하나의 직장에서 평생을 보냈다는 사람도 있다. 하나의 직장에서 평생을 보낸 사람은 전근에서 얻는 기분의 전환을 다는 모르리라. 그러나 전근을 너무 자주 다니는 사람은 풍파를 많이 겪는 사람이다. 전근은 자기 의사에 의해서 되기도 하지만 타의(他意)에 의해서 되는 수도 있다. 만약 전근을 많이 한 사람이 타의에 의해서 다녔다면 그는 때로 자신의 운명문제를 생각하게 된다. 흘러 내려가는 강의 물줄기가 바위에 많이 부딪치듯이 원하든 원하지 않든 굴곡을 체험하는 사람이다.

나의 직장의 시작은 함경북도 청진에서였다. 청진제철소의 제도사가 되었던 것이다. 사무실 안에는 제도대가 수십 대 놓여지고, 그리는 내용은 모두 제철소 안에 있는 기계도면이었다. 작은 나사를 그리는 작업이 너무 힘들고, 종일 손목을 돌리고 있으면 감옥살이 같은 구속을 느꼈다. 두 달을 못 채우고 사직서도 내지 않고 직장에 나가지 않았다. 속히 출근하라는 통지가 오고 직접 사람이 집까지 찾아왔다. 나는 몸을 피했다. 그때는 일제(日帝) 말기라서 제도사의 직업도 징용 대상으로 간주되었다. 시험을 치고 합격이라는 과정을 거쳐서 들어갔는데도 퇴직에는 자유가 없었다.

곧 나는 전직을 했다. 측량기술자가 된 것이다. 온 산천을 쏘다니면서 측량기를 세워놓고 거리와 산 높이를 재는 작업은 마음에 들었다. 남성적인 직업이라고 할까. 그때 나는 평생을 이 직업으로 보내리라는 생각도 했다. 함경북도의 회령(會寧)에 있을 때는 두만강까지 소풍을 나가기도 했다.

해방이 되고 나의 직업은 180도의 회전을 했다. 교사가 된 것이다. 해방직후에는 토목측량을 할만한 직장이 너무 귀했다. 일본사람 교사가 갑자기 많이 자기 나라로 돌아가고 빈 자리의 하나가 나에게 돌아왔다. 그 뒤 40년 동안 나의 직업은 교사로 일관되었다.

교사가 너의 취미에 맞더냐고 묻는다면 나는 부정도 긍정도 하고 싶지 않다. 그것은 때에 따라 만족도 주고 불만도 주었기 때문이다. 만족보다는 불만족이 더 많았지만 자기 직업에서 완전한 만족을 얻는 사람이 이 세상에서 몇 사람이나 될까?

인생은 직업을 통해서 가장 긴 시간을 보낸다. 낮 동안의 근무시간과 밤의 잠자는 시간을 빼면 나머지 시간은 얼마 되지 않는다. 술도 마시고, 연애도 하고, 친구도 사귀고, 여행도 하고, 독서도 하는 시간은 거의가 앞의 두 가지 시간의 여백에서 이루어진다. 어떤 사람은 직장에서의 생활은 나의 것이 아니다라고 하지만 나는 그렇게 생각하지 않는다. 직장도 일생의 일부이고 인생도 직장을 통해서 상당한 부분이 치러진다. 수많은 시간의 직장생활을 남의 것으로 간주하고 그것을 고통 같은 것으로 받아들이고 있으면 인생에서 많은 것을 잃어버린다.

전근의 역사는 곧 인생의 역사가 된다. 전근을 통해서 애환을 얻고, 전근을 통해서 친구를 얻고, 전근을 통해서 돈을 얻고, 전근을 통해서 지위와 명예를 얻기도 한다.

어떤 사람은 국외로 전근을 하고, 어떤 사람은 道와 市의 경계선을 넘어서 껑충껑충 뛰어 다닌다. 그러나 어떤 사람은 제한된 지역 안에서 옮겨 다닌다. 그리하여 마지막 기항지가 왔을 때 사람들은 人生의 닻을 내리듯이 직장이라는 배에서 하선을 해야 한다.

오늘 나는 전근의 회수를 헤어보고 있다. 손가락이 열두 번 접어진다. 40년의 직장 역사가 전근을 통해서 흘러갔다는 감상에 젖어 본다. 까닭은 현재의 직장이 마지막 기항지가 될지도 모른다는 예상 때문이다.

"정년이 언젭니까?"고 물어오는 동료가 있다. 몸짓과 표정, 살아가는 자세에서 연령을 느끼기 때문이리라. 직업을 가지기 시작한 20대의 초반에서 60대의 중반에 이른 나는 인생의 정리기에 와 있다. 무엇을 어떻게 정리할 것인가.

정년은 직장의 종점이 되기도 하지만 직업에서의 해방이 되기도 한다. 인간은 구속과 자유를 모두 원한다고 하였다. 직장에 얽매이면 풀어지는 자유를 소원하고 직장에서 떠나면 자유가 너무 많아져서 구속되기를 또 소원한다. 나는 이 두 가지의 경계선에 와 있다. 지금은 해방의 자유가 온다는 흥분조차 있다. 하지만 그 자유가 2년, 3년 계속되었을 때 내게 어떤 구속을 바라는 욕구가 올까.

릴케는 죽음을 극복하기 위해서 이승과 저승을 한 덩어리의 꽃밭으로 관찰하였다. 그 관찰이 신앙으로까지 굳어진다면 릴케의 죽음은 영원한 삶으로 연결된다.

아침해는 동쪽 하늘을 눈부시게 비추지만 저녁 해는 서쪽 하늘을 아름다운 노을로 만든다. 그 노을이 만약 나라고 한다면 얼마나 여유가 있고 아름답겠는가.

마지막 기항지에서 나는 마지막이라는 낭만을 지금 누리고 있다. 슬픈 아름다움이라고 할까. 다음에는 해방이라는 트인 세계로 걸어 나가야 한다. 직업인에서 자연인으로 탈바꿈을 한다. 그 탈바꿈으로 내게 만약 아픔이 온다 해도 저녁 노을이 지니고 있는 여유와 아름다움으로 그 아픔을 풀어 주고 안아 주고 삭여 주리라는 생각을 해 보고 있다.

달

인공위성이 달에 가서 발을 내렸다고 했을 때 사람들은 달에 인간의 때가 묻었다고 생각했다. 허공에 달려 있는 정서적인 대상으로만 있던 달에 처음으로 인공으로 된 기계가 몸을 내려놓고 달의 표면을 구둣발로 걸어다녔으니까 그러한 생각을 할만도 했다.

그 화제도 지금은 10년쯤 전으로 흘러갔다. 새로 달을 쳐다보고 있으면 옛날의 때묻은 이야기는 어느덧 희미해지고, 달은 몇백 년 전과 다름없이 순수한 얼굴로 하늘을 지키고 있다. 그 때의 생각은, 달에 때가 묻었다기보다 사실은 우리의 생각에 때가 묻었던 모양이다.

용변의 필요에서 밤중에 문을 열고 밖으로 나가 보면 갑자기 환한 달빛에 눈이 번쩍 열릴 때가 있다. 세계는 고요히 잠에 들어 있는데 달만이 광명의 날개를 양산같이 펴 들고 거기 공중에 홀로 덩그렇게 떠 있다. 달을 쳐다보면 마음이 그대로 달빛이 된다. 가슴 가득히 달빛이 들어와서 다리와 발, 손가락 끝까지 온통 전등처럼 몸 속을 광명으로 채운다. 달은 순수의 상징이다. 달에는 詩가 있다.

詩人이 아니라 해도 달을 보면서 시심(詩心)에 젖는 사람이 많다. "달 봐라!"고 크게 외치기도 하고, 두 팔을 벌려서 달을 끌어안을 듯이 감격에 넘치는 사람도 있다. 문자로 표현되지 않는다뿐 그들의 가슴에는 이미 시가 쓰여지고 있다.

달은 30일 주기로 크기에 변화가 일어난다. 월초에 돋는 초승달은 신생아처럼 귀엽고 연약하다. 차츰 커가다가 보름달이 되면 빈틈없이 꽉 찬 충만으로 어떤 완전 앞에 서게 한다. 그러다가 "달도 차면 기우나니…"해서 그믐으로 향해 작아지면서 다시 초승달처럼 연약한 얼굴이 된다. 초승달에는 신생의 생기가 발산되지만 그믐달에는 쇠잔에의 애상이 어리어진다.

한 달을 주기로 옮겨 다니는 달의 진행 과정을 보고 있으면 사람의 한 생애를 생각하게 한다. 나서 크고, 청춘이라는 절정에 도달했다가 다시 장년, 노년을 거쳐서 無의 피안으로 자취를 감추는 人生과 같다.

불교에서는 환생을 이야기한다. 한 번 태어나는 생물은 죽은 뒤에 다시 무엇으론가 생겨난다는 것이다. 그러나 환생을 그대로 믿기에는 죽음이 너무도 완전하고, 다음으로의 연결이 어두운 신비에 싸여 있다. 그래서 달의 변화 과정을 보고 있으면 그 곳에 환생의 철리(哲理)가 움직인다는 생각을 하게 된다. 그믐달은 마침내 사람의 눈에서 완전히 사라지지만 며칠 후가 되면 초승달이 되어서 또 다시 동산 위에 실낱 같은 생명을 내놓는다. 어디에 갔다가 다시 나타나는 것일까? 과학은 물론 그것을 잘 설명해 준다. 환생설도 더 정밀한 과학으로 설명이 되는 날이 올지 모르지만 달은 그 환생설의 증언자가 되기도 한다.

해는 남자이고 달은 여자라고 할까. 기운찬 아침 해를 보고 女人을 연상하는 사람은 없다. 이글이글 불타고 있는 해의 정열에는 남성적인 활력이 넘치고 있다. 무엇인가를 붙잡고 놓지 않겠다는 강렬한 의지가 꿈틀거리고 있다. 하지만 달에는 온유와 고요와 안정이 깃들고 있다. 수도승의 고요한 마음 같다고 할까, 밝고 환하면서도 영원한 평화가 깃들어 있다. 보름달이 아무리 크고 밝다 해도 그 표정에는 남성적인 적극성보다는 여성적인 정숙이 미만되어 있다. 마음이 흔들리는 사람이 있다면 밤하늘에 높이 뜬 달을 쳐다볼 일이다. 달은 그 흔들리는 마음을 흡수해서 호수와 같은 정일로 돌아가게 한다.

朴木月은 자기의 詩에서 "구름에 달 가듯이 가는 나그네…"라는 표현을 했다. 말 그대로 달은 하늘을 거닐고 있는 나그네이다. 그 나그네 길에는 초조가 없고, 불안이 없고, 방황이 없다. 나그네는 무목적의 목적을 가진 여행자라고 할까. 오늘은 오늘대로, 내일은 내일대로의 여정이 있을 뿐이다. 그 길에는 여유와 운치와 소요가 있다. 얽히고 막힌 갈등이 없고, 손해보고, 이익이 되는 계산이 없고, 명리에 쫓기는 조바심이 없다. 그래서 하루하루의 인생을 거닌다는 마음으로 살아갈 수가 있다.

육지에 있는 산과 강은 神이 그려 놓은 동양화이고, 종일토록 해변을 때리는 파도의 소리는 神이 작곡한 음악이라고 표현한 사람이 있다. 그렇다면 달은 무엇이라고 하면 될까. 밤하늘에 던져 놓은 詩라고 할까. 그것은 宇宙를 압축해 놓은 상징시인지도 모른다. 달은 하늘이라는 공백 속에 그려진 서정시다.

　"달아 달아 밝은 달아. 이 태백이 놀던 달아…"하면서 달을 쳐다보고 노래를 부르던 때는 어린 옛날이다. 그 때 나는 진짜로 이 태백이라는 사람이 달 위에 올라앉아서 말을 타듯이 하늘을 건너다니고 있다고 생각했다.

　달은 지구를 지키고 있는 탐조등이다. 눈을 크게 뜨고 가장 높은 고지에서 어두운 밤을 샅샅이 밝히는 최대의 등불이다.

가게를 보는 사람

  할 일이 있어야 한다. 돈이 아무리 많은 사람도 할 일이 없으면 시간의 처리에 고통을 받는다. 밥을 먹고 나면 시간이 기다리고, 사람을 만나고 나면 또 시간이 기다린다. 남아 있는 것은 시간뿐이다. 그 시간을 유효하게 가치있게 보내는 일이 곧 행복이다. 유효하게 가치있게가 아니고 좀 가치에 결함이 있다 해도 시간에게 고통을 받지 않는 사람이라야 우선 하루 하루를 살아낼 수가 있다.

  네 사람의 자녀가 결혼을 끝낸 후 나에게는 같이 생활하는 식구로는 아내 한 사람뿐이다. 두 사람만의 가족생활이 시작되고 벌써 5, 6년이 된다. 나는 직장이 있으니까 밥만 먹으면 일자리로 나간다. 해가 지면 돌아와서 피로를 푼다. 그런데 아내에게는 일거리가 없다. 밥을 짓는 일과, 청소를 하는 일과, 세탁을 하는 일 정도이다. 그 이외의 시간은 전부 남아 있다. 시간 속에 헤엄을 친다고 할까?

  농촌 시장에 나가서 고추장수를 할까 시장마다 다니면서 헐한 물건을 사서 다른 시장에 갔다 팔까고까지

제안을 한다. 될 일도 아닌 이야기여서 나는 대답도 않는다. 우선 건강이 말을 듣지 않고, 또 실제로 복장을 갖추어 입고 시장 한가운데에 설만한 비위도 못 된다.

내가 퇴근을 해오면 "당신은 좋겠습니다" 하고는 지친 표정을 보일 때가 많다. 사는 일에 재미가 없다고 한다. 무료와 권태 앞에 손을 들고 있다. 좀은 사치한 이야기 같지만 방법이 없다.

자녀들에게 매달려서 학비도 걱정하고 옷 준비에도 마음을 쓰고, 딸아이들의 야간출입 단속까지 담당했을 때는 사는 일에 신이 나 보였다. 잡고 있던 것을 놓아버린 상태라고 할까, 위로라고 하는 것이 있다면 밤에만 얼굴을 내미는 텔레비전의 관람이다. 그것도 재미가 있는 프로 외는 시끄럽다고 꺼 놓는 시간이 더 많다.

이웃집에 가게를 보던 사람이 그만 두고 먼 곳으로 이사를 간다는 소문이 돌았다. 소식을 가지고 온 아내는 그 가게를 자기가 맡아보겠다고 나선다. 가게의 상품은 주로 수예품이다. 여학교가 근방에 있기 때문에 수요에 따라 생겨진 학생 상대의 가게이다. 나는 즉석에서 반대했다.

교직에 있는 나의 직업, 돈벌이에 환장을 했다는 남의 입, 그것이 문제였다. 네 아이의 결혼을 치르고 빚도 좀 있었다. 그러나 세월이 그것들을 거의 메워가고 있다. 월급만 해도 살 수 있는 형편인 것을 세상 사람이 알고 있다. 또 자연대로 살고 싶은 것이 나의 인생관이고 경제관이다. 그런데 60에 육박한 연령에 새로

가게를 벌인다는 것은 남의 눈에 거슬릴 일이었다.

아내는 진지했다. 돈을 번다는 목적보다, 시간을 보내는 방법으로 부담이 과하지 않은 작은 수예점이 자신에게 꼭 맞는다는 것이다. 며칠을 두고 생각했다. 시간과 돈, 체면과 비난의 사이에 나는 끼여 있었다.

이사를 가는 날짜가 박두하자 아내는 심각해졌다. 남의 인생을 구경만 하고 있을 작정이냐고 나선다. 나는 손을 들었다. 인생 앞에서는 자신이 많이 약하다는 것을 시인하지 않을 수 없었다.

가게를 벌이는 아내는 신이 나 보였다. 청소를 하고, 물건을 사들이고, 가게의 주인과 가게 보는 지식을 교환하고… 그래도 나는 무관심했다. 내가 끼어들 일거리도 없지만 그 일에 참견하고 싶은 마음도 없었다. 무관심한 나를 아내도 무관심했다. 그 일은 전혀 자기 자신의 일로 생각했고 허락을 받은 일만 해도 감지덕지로 보였다.

그런데 변화가 일기 시작했다. 일거리가 생기더니 얼굴에 생기가 돌아왔다. 내가 퇴근을 해서 집에 와도 기운빠진 표정을 볼 수 없다. 오늘은 무엇 무엇을 팔았다면서 사연을 이야기한다. 돈이 벌어진다기보다 일 자체에 흥미를 가지는 것 같다. 권태와 무료에서 얻은 행복이라고 할까, 그의 얼굴을 보면서 나는 잘했다는 생각을 해 본다. 그리고 나 자신에게도 손해될 것이 없다. 나른해진 아내의 표정을 볼 때마다 나도 함께 나른해지던 그 증상에서 면제가 되었으니까.

어떤 날은 물건이 좀 팔렸다면서 내가 좋아하는 음식을 팔에 가득 사들고 들어온다. 그러나 나는 그에게 가끔 농담 섞인 충고를 한다. 그러다가 만약 악덕 장사꾼이 되어서 돈만 아는 사람이 된다면 그때는 내가 내미는 이혼장에 말없이 도장을 찍어야 한다고….

3.
독자의 눈

왜 쓰느냐?

삼십이 좀 못 되었을 때 『나의 종교와 인생』이라는 수필집을 읽은 일이 있다. 일본 글로 된 책이었다. 저자의 이름을 지금은 잊고 있다.

책이름과 같이 내용은 종교적인 생활이었다. 신앙이라기보다 자연에 대한 귀의라고 할까? 한 포기의 풀에도 정을 보내고, 한 마리의 비둘기에도 마음의 근원을 더듬는 참 진실한 글이었다. 몇 번을 읽었다. 나이가 많아지면 이 책을 읽으면서 자연과 친해야 되겠다는 생각도 했다. 그 책을 잃어 버렸다. 누구에겐가 빌려 준 막연한 기억이 있을 뿐이다. 빌려간 사람도 시간 속에서 돌려 줄 것을 잊어 버렸으리라. 책을 구하고 싶어서 일본 책방에 가보기도 했다.

『하루살이』란 수필집을 읽은 일이 있다. 6 · 25 직후였다. 전쟁을 겪은 작자의 하루살이 같은 인생이 나에게 많이 공감되었다. 실존적 인생이라고 할까 생명의 근원을 흔들어 놓는 하루하루의 생활이었다. 당시의 청년들은 모두 그랬다. 내일이 없는 생활을 해야 했기 때문이다. 나는 『하루살이』를 읽고 나도 수필을 써보고 싶다는 충동을 많이 받았다.

그후 다른 수필집도 읽었지만 앞에서 말한 두 권의 수필만큼 나의 내부에 깊게 충격을 준 것은 없었다.

서른한 살 때 처음으로 대구에 있는 영남일보에 수필을 투고해 보았다. 매일신문, 대구일보, 영남일보 등 며칠에 한번씩 문예란에 수필을 발표하고 있었다. 일주일 후에 나의 글이 활자화 되어 나왔다. 기뻤다. 나도 수필을 쓸 수 있다는 가능성을 얻었다. 「三十代의 고민」이라는 제목을 붙여 보냈는데 하강좌포 삼십대(下降座標 三十代)라는 딱딱한 제목으로 고쳐졌다. 제목은 신문사에서 마음대로 바꿀 수 있는 것으로 생각되었다. 그 뒤 글을 보내면 틀림없이 발표가 되었다. 활자화된 자기 글을 읽으면서 결점을 발견하기 시작했다. 어떻게 써야 독자를 움직일 수 있느냐? 낱말의 선택에 많은 신경을 썼다. 자기의 심경을 쓰되 남에게 공감이 가게 해야 된다는 생각도 해 보게 되었다.

안동에서 대구로 전근이 되었다. 문학을 하는 사람과 만나는 기회가 생겼다. 그런데 '중앙문단' '지방문단'하는 용어가 그들 사이에서 가끔 사용되었다. 서울의 문학잡지에 글을 발표하는 사람을 '중앙문단'이라고 했다. 나는 열등감을 느꼈다. 신문의 문예란 아니면 도청에서 발간되는 '도정월보'가 나의 유일한 발표기관이었기 때문이다. 당분간 쓰지 않았다. 文人들과 만나는 일도 반갑지 않았다. 열등감 때문이라고 할까 자존심 때문이라고 할까.

현대문학(現代文學)이라는 잡지에 수필 두 편을 우편으로 보냈다. 현대문학의 주간이 조연현(趙演鉉)씨였기 때문에 그분 이름으로 보냈다. 석 달 후에 『現代文學』 잡지와 등기 봉투 하나가 직장으로 보내져 왔다. 펴보니까 나의 수필이 실려 있었다. 금액은 기억나지 않지만 봉투에는 원고료가 들어 있었다. 나는 기뻤다. 약간의 자신이 생겼다. 그때는 『현대문학』에 매월 8편의 수필을 고정수로 싣고 있었는데 나의 글이 첫머리에 놓여 있었다. 첫머리에 놓인 이유를 생각해 보기도 했다.

　글 제목은 「사담(私談)」이었다. 내가 붙여 보낸 그대로의 제목이었다. 글을 쓰는 이유라고 할까 잘 쓰여지지 않는 글 앞에서 열등감을 느끼기보다 차라리 글을 쓰지 말까 하는 당시의 심경을 그대로 「私談」으로 썼던 것이다.

　『現代文學』은 그 뒤 계속해서 나의 수필을 발표해 주었다. 잡지에 글을 발표한다는 것은 작자의 정신세계를 넓혀 주는 역할을 한다. 한 편의 글을 쓰기 위해서 흩어져 있는 생각을 정리해야 하고, 정리된 생각이 인간의 근원적인 문제와 어떤 연결을 가지고 있느냐?를 사색해야 되기 때문이다.

　「私談」이 발표된 후 자신의 능력을 시험해 보고 싶었다. 그때 발간되고 있던 『문학』『문예춘추』『세대』『정경연구』 등에 수필을 보냈다. 보내면 석달 아니면 넉달 후에 발표가 되었다.

글은 자기 아닌 다른 힘에 의해서 쓰여진다고 생각할 때가 있다. 어떤 때는 글 한 편을 쓰기에 많은 힘이 들지만 어떤 때는 소나기가 쏟아지듯이 주룩주룩 뜻에 맞게 흘러나온다. 안 쓰여지는 이유와 주룩주룩 흘러나올 때의 이유를 지금도 나는 찾아내지 못하고 있다.

중국의 임어당은 "인생은 즐기는 데에 목적이 있다"라는 말을 서슴없이 하였다. 얼른 생각해 보면 수긍이 가지 않는 말 같다. 하지만 뜻이 있는 견해라고 생각한다. 글을 왜 쓰느냐?를 두고 생각하더라도 즐기는 데에 목적이 있다고 말할 수 있기 때문이다.

쓰면서 즐기고, 쓰고 난 뒤에 즐기고, 잡지에 발표가 되면 또 즐긴다. 잡지에 발표를 하는 일이 지금은 별로 즐겁지 않다. 그러나 초기에는 그 사실이 많은 즐거움을 주었다.

앞으로 어떻게 살 것이냐? 사람은 언제나 자기 문제를 스스로 내부에 지니면서 살아간다. 20대의 문제, 30대의 문제, 40대의 문제 등, 60대가 되어도 나름대로 또 문제가 일어난다. 그 문제의 대부분은 어떻게 사는 것이 즐거운 인생이 될 수 있느냐?와 관계를 가지고 있다.

수필의 소재는 주위에 너무 많다. 그 소재가 나의 수필과 인연을 가지게 하기 위해서는 생각의 그물을 포기하지 말아야 한다. 자연을 생각하고 예술을 생각하고 종교를 생각하는 생활을 하고 싶다. 생각한다기보다 그것에서 즐거움을 찾고 싶다. 그러는 동안에 알밤이 익어 떨어지듯이 수필 한 편씩이 떨어져 나온다면 나의 인생에서 더 바랄 것이 없다. 많이 쓰고 싶은 생각도 없고, 잘 써서 남과 겨루고 싶은 생각도 없다. 자연의 유로라고 할까. 새어나오는 대로 받고, 익어서 떨어지는 대로 거두고 싶다. 그러는 동안에 좋은 수필이 되어지면 즐겁고 그렇지 못하다 해도 나름대로 즐거울 것이 아닌가?

아버지의 한시

"의성에서 永川까지 몇 시간이나 걸립니까?"

차표를 걷으러 온 안내양에게 나는 말을 걸었다. 손에 몇 잎의 차표를 포개어 잡고 있는 안내양은 자기의 작업을 중단하지 않고 "한 시간 반쯤 걸립니다"고 입만 움직인다. 기계적으로 행동하는 안내양의 대답이지만 불만은 없다. 수많은 손님의 요구에 응답해야 하는 안내양의 처지에 이해가 가기 때문이다.

밖에는 겨울 바람이 산야를 달리고 있지만 버스 안은 봄과 같다. 추위라고는 하나도 느끼지 못하겠고 두껍게 덧입은 잠바가 오히려 짐스럽기만 하다.

永川에 닿았다. 버스에서 내리니까 찬바람이 기다렸다는 듯이 나를 에워싼다. 옷깃을 잠그면서 길가에 보이는 ○○슈퍼라는 가게에 들어간다. 맥주, 정종, 법주의 세 종류를 놓고 묻다가 그중 하나를 들고 밖으로 나온다. 오늘은 노재환형(盧在環兄)에게 술을 한 잔 권해야겠다는 생각을 한다.

대문 밖에서 이름을 몇 번이나 부르니까 盧兄 자신이 큰 몸집으로 문을 연다. 방학중이라 그도 집에 있었다. 그는 중학교의 교장으로 있다. 만면에 웃음을 띤 노형과 악수를 나누고 방으로 안내되어 들어간다. 선비의 방이었다. 벽에는 큼직한 서예작품이 액자 속에 걸려 있고 해묵은 한적(漢籍)들이 책꽂이가 비좁도록 꽂혀 있다. 노형은 서예의 대가이고, 漢文에도 달통한 사람이다. 고향에서 수십 년을 살면서 남의 비문도 지어 주고 비석의 글씨도 써 준다.

나의 아버지는 한시(漢詩)를 쓰셨다. 내가 어릴 때의 일이다. 아침에 일어나시면 세수를 마치고 항상 붓을 드셨다. 제문이나 사돈지를 쓸 때에 접고 끊은 여백의 문종이에 무엇인가를 쓰고 계셨다. 지우다가 쓰고, 또 지우고 하시면서 열중하는 광경을 보아 왔다. 그래서는 한문책 틈 사이에 꽂아 두고 다음날 또 내어서 쓰고 지우고 하시는 것이었다. 그때는 그 작업이 무엇인지도 몰랐다.

어떤 때는 툇마루에 누우셔서 긴 목청으로 詩를 읊으셨다. 조용한 음성이었다. 詩를 많이 즐기셨던 모양이다.

돌아가시고 읽으시던 책을 정리하면서 조각으로 된 시를 모아 보았다. 책 사이에 꽂아 두시던 것을 기억하고 많은 책을 뒤적였지만 나오지 않았다. 겨우 30편이었다. 아버지의 귀중한 유산이라고 생각하고 보관하기로 했다. 그것이 어느덧 20년의 세월이 흘렀다. 이따금 친필로 된 아버지의 詩를 꺼내서 더듬어 보았지만 뜻을 이해할 수가 없다. 나는 한문에는 거의 문맹인 것이다.

어느날 노재환 형이 나의 집을 방문해 왔다. 그는 방문해 올 때마다 문밖에서 "무원 무원!…"하는 호칭을 쓴다. 無圓이라는 나의 아호를 쓰는 사람이 없기 때문에 부르는 음성만으로도 노형인 것을 방안에서도 알 수 있다. 문을 여니까 머리에 노색(老色)을 얹은 노형이 큰 몸집으로 빙그레 웃고 있다. 그는 만나면 언제나 古木 같은 인상을 준다. 믿음직스러운 성격이 그러하고 육십이 넘은 연령인데도 대지를 튼튼하게 딛고 서는 건강이 그러하다.

맥주 몇 병을 앞에 놓고 이야기를 나누다가 노형은 붓과 벼루를 내놓으라고 한다. 나는 어떤 종류의 예감을 느끼면서 연습용으로 갖추고 있는 서예 도구를 챙겨 놓고 먹을 갈았다. 굵은 화선지 앞에 정중히 앉더니 붓을 대기 시작했다. 무엇을 쓰려나? 궁금했지만 물어볼 수가 없다.

굵은 붓끝에서 먹물이 뚝뚝 떨어질 듯한 형세를 슬쩍 화선지 위로 옮기더니 신들린 사람모양 이리저리 힘차게 움직여 나간다. 쓰는 것 같기도 하고 그리는 것 같기도 하다. 글자 하나를 만들어 놓았다. 그것은 '無'자였던 것이다. 無자를 보자 나에게는 어떤 예감이 왔다. 연이어서 다음 글자를 써 놓았다. 예상과 같이 '원'(圓)자가 된 것이다. 큰 구렁이가 꿈틀꿈틀 몸을 움직이고 있는 모양이었다. 투박한 성격에서 투박한 글씨가 나온다고 할까? 주먹 같은 점이 있는가 하면, 강물 같은 격류가 있고, 산 같은 무게가 있는가 하면, 옹이 같은 강도가 있다. 이어서 두 글자를 더 써서 완결을 짓고 끝에 '춘암'(春菴)이라는 서명을 한다. 春菴은 그의 號였던 것이다.

'무원정사'(無圓精舍)가 완성된 것이다. 두 사람은 글씨를 앞에 놓고 바라보았다. 나는 '精舍'라는 단어에 좀 신경이 쓰인다. 나의 방을 精舍라고 호칭해도 좋을까 하는 의문 때문이었다. 높은 산 깊은 골에서 스님이 수도하는 암자를 精舍라고 생각해 온 상식에서이다.

"나같이 게으른 사람에게 精舍는 너무 과장이 아닌가?"하니까 盧兄은 말을 받아서 "수필을 창작해 내는 방인데 왜 精舍가 못된단 말인가" 하면서 나의 말을 한 마디로 뭉개 버린다.

그날 나는 장롱 속에 보관해 둔 아버지의 漢詩를 꺼내 놓았다. 그의 漢文실력을 믿었던 것이다. 그는 낮은 소리로 몇 구절을 주렁주렁 소리를 내서 읽는다. 거침없이 읽어 내려가는 독해력에 나는 감탄의 눈을 보냈다. "번역을 좀 해 줄 수 있겠나?" 했더니 쾌히 승낙을 한다. 시간을 좀 달라고 한다. 대학노트로 가편집이 된 한시첩(漢詩帖)을 들고 盧兄은 돌아가겠다고 한다. 대문밖까지 전송을 하고 방으로 돌아오니 '無圓精舍'가 넓게 누워서 방을 가득 채우고 있다. 보물을 얻은 감회가 된다. 집어서 벽에 압침으로 붙여 본다. 후일 표구가 되면 盧兄을 초대해서 술 한 잔을 놓고 현판식을 거행하리라.

代謝炎涼不失期 書生先感賦秋辭
匏花月冷牆頭屋 楊柳烟晴鏡面池
老蝶空林雙翅薄 流螢短箔一燈奇
朱顔皓髮交如此 莫把光陰景物知

가을이 때를 잃지 않고 찾아오니
문득 시가 가슴에서 살아 오른다.

지붕 위 박꽃은 달빛에 더욱 차고
안개 걷힌 못물은 거울이로구나

철 늦은 나비 빈숲에서 날개가 얇고
대발 사이로 한줄기 반딧불이 외롭다.

홍안 백발이 계절과 같은 것인데
변하는 경색을 말하여 무엇하리오

가지고 온 술을 주고 받으면서 두 사람은 번역해 놓
은 시를 이야기했다. 위의 시에는 「신량(新涼)」이라는
제목이 붙어 있었다. 말을 주고받으면서 나는 20년 전
에 세상을 떠난 아버지와 재회를 하는 마음이었다. 아
버지의 정신 세계를 모르고 있다가 비로소 그 대강이나
마 더듬는 시간이었다.
　자연을 노래한 시가 많았다. 자연과의 일체감을 이야
기하기도 하고 그 자연에서 이탈되는 고독도 토로되고
있다. 옛사람이나 지금 사람이나 고독은 영원한 마음속

의 심연이다. 고독의 대목이 나올 때는 나에게서 아버지를 발견하는 공감이 온다.

번역된 작품을 하나하나 화제에 올려서 이야기를 끝내고 나니까 하루해가 서산에 기운다. 벽을 쳐다보니 시계는 오후 4시를 가리키고 있다. 의성으로 돌아가야 하는 버스 시간이 된 것이다. 나는 술 한 잔을 또 권하면서 고맙다는 인사를 다시 한다. 시가 담긴 대학노트를 들고 밖으로 나온다. 거리를 걷는다. 들고 있는 노트에서 무게를 새삼 더 느낀다. 번역한 盧兄의 마음이 보태졌기 때문이리라.

바이셀 회사

 일요일이었다. 친구인 K씨 집을 느지막이 방문했다. 식사를 끝내고 나온 친구 옆에는 그의 아내가 차를 준비하고 있다. 저쪽편 벽 아래에는 TV가 아침 프로를 돌리고 있었다. 세 사람은 이야기를 하다가 TV를 보다가 하면서 시간을 보내고 있는데 화면에 큼직한 부처님의 상이 나타났다. 어떤 영화장면의 한 부분이었다. 앉아 있던 K씨 부인은 바쁘게 자리를 옮겨 앉으면서 TV를 향해 합장을 한다. 경건한 동작으로 가벼운 경례까지 한다. 너무 급작한 부인의 동작에 나는 웃음이 나왔다. 그러나 웃을 수가 없었다. K씨 부인의 동작이 너무 진지했기 때문이다. 화면이 바뀌고 K씨 부인은 제자리로 돌아앉았다.

 "왜 그러십니까?" 나는 농조가 되면서 물어 보았다. 그도 웃으면서 "어디에 계셔도 부처님은 부처님이 아닙니까"고 대답한다. TV에 나오는 부처님에게도 절을 하는 그의 부인은 마음에 신앙이 빈틈없이 배어 있었다.

 서울에 갔던 어느 날 나와 아내는 자가용에 실려서

아들이 경영하는 회사에 나갔다. 작은 무역회사를 시작했다는 이야기를 듣고 있으면서 2년이 넘도록 사무실 구경을 못했던 것이다.

사무실 앞에 영어로 된 간판이 붙어 있었다. 무슨 뜻이냐고 물으니까 「바이셀 회사」라고 하면서 '사고 판다'는 뜻이란다. 영어를 잘 모르는 나는 아들의 말을 듣고서야 '바이어'라고 하는 말의 '바이'와 할인판매 할 때의 '바겐셀'의 '셀'을 한데 붙이면 '바이셀'이 되고 '사고 판다'는 뜻이 되겠구나고 생각해 본다. '사고 파는 회사'라고 해보니까 깊은 뜻은 없어도 단순하면서 솔직한 어감을 준다.

사무실 안에는 사방에 선반이 장치되어 있고, 그 위에 각종의 장신구가 진열되어 있다. 아들은 장신구의 무역상을 하고 있는 것이다.

번쩍번쩍 빛나는 것, 무늬가 놓인 것, 구슬이 꿰어진 것, 작고 치밀한 것, 귀걸이에 목걸이, 반지에 허리띠까지 없는 것이 없었다. 외국인 바이어들은 이곳에 와서 자기들의 기호품을 선택한단다. 나라마다 요구하는 형태와 빛깔이 다르고 계절마다 새로운 상품을 찾는단다. 외국인 바이어들도 자기 나라에 가져가서 잘 팔려야 장사가 되니까 그들의 선택은 너무 까다롭다고 한다.

새 상품을 개발하기 위해서 도안 담당직원이 따로 있지만 아직은 2년 전에 탄생한 작은 회사여서 사장도 새 상품 개발에 밤낮이 없다. 도안이 만들어지면 엄정

한 검토를 거친 후에 공장에 넘겨지고 제작이 되면 그 견본이 선반 위에 앉아서 바이어를 기다린다. 요행 적중이 많이 되면 장사가 되고 그렇지 않으면 제작비에 헛돈만 넣는단다.

신기한 듯이 상품을 돌아보던 아내는 하나씩 집어서 팔에 걸어보기도 하고, 목에 걸어보기도 한다. 마음에 드는 것이 있으면 아들에게 기증을 요구할 것만 같다.

구경을 끝내고 사무실을 나오려는데 출입문 위에 딱딱한 물체가 보인다. 접근해서 자세히 보니까 두 마리의 마른 명태가 끈에 묶여서 댕그마니 벽에 걸려 있다. 나는 궁금해지면서 "저건 뭐냐?"고 물어보았다. 아들은 쑥스럽게 싱긋 웃으면서 "아버지는 눈도 밝으시네요" 한다.

2년 전에 회사를 시작할 때 돼지머리와 명태와 과일을 차려놓고 고사를 지냈다. 그때의 제물을 회사 직원들이 그곳에 달아 놓았다고 한다.

아들은 미신을 극도로 싫어하는 성격이다. 그러면서도 주위의 권고를 물리치지 못하고 고사를 지냈고 직원들이 운수 좋으라고 달아놓은 명태 두 마리를 거절하지 않았다. 그 동안 두 번이나 이사를 했는데 이사할 때마다 명태 두 마리는 따라다녔다고 한다. 물론 이사는 발전적인 이사였다.

바다 건너의 먼 나라에서 오는 바이어는 제멋대로 다니는 고객(顧客)이다. 어느 무역업자에게 가서 어떤 상품을 선택하느냐는 그들 자신의 상업 운명이기도 하고 한국에 있는 무역업자의 운명이기도 하다. 요행을 바라는 제물이기보다, 배후에서 큰 힘이 되어서 도와주기를 바라는 마음이라고 할까. 마른 명태 두 마리의 힘이 세어서가 아니고 그 작은 물체를 통해 배후에 있는 큰 힘을 믿고 싶은 마음에서이리라.

마음이 약할 때 신을 생각한다는 말이 있다. 바다 깊숙이 들어간 배가 풍랑을 만났을 때 거기에 탄 사람들은 무엇에 마음을 의지할 수 있을까. "하나님 살려주십시오"하는 기도가 있을 뿐이다. 칸트는 그 기도의 마음을 지적해서 인간에게는 누구에게나 절대자에게 의지하려는 본성이 있다고 했다. 그 본성이 종교와 무속과 미신을 낳는다.

바이셀 회사의 출입문을 나오면서 정중한 눈으로 나는 다시 명태 두 마리를 쳐다보았다. 깐깐하고 딱딱한 표정으로 달려 있는 명태 두 마리의 배후에 하늘과 바다 같은 절대적인 힘이 버티고 앉아 바이셀 무역회사를 지키고 있는 것만 같다. 나도 그 거대한 힘에게 기도하는 자세를 잠시 가지면서 회사의 문을 나오고 있었다.

인생유전

사람의 욕망은 끝이 없다. 한 가지를 만족하면 다음 것을 욕구하고 그것이 만족되면 또 새로운 불만이 일어난다.

나는 A란 읍에 십 년이 넘도록 산 일이 있다. 스물여섯 살부터 서른여덟 살까지였으니까 꼭 십이 년을 산 셈이다. 십이 년 동안을 같은 곳에서 살고 있으니까 지리는 물론이고 사는 사람들의 얼굴이 거의 익을 정도였다.

어린아이가 커서 중학생이 되고 중학생이 대학생이 돼서 머리를 길게 늘이고 다니는 것을 보게 되고 거리의 사람들이 인사는 없어도 대개는 낯익은 사람이 되었다. 아침에 출근을 하면 매일처럼 같은 시간에 같은 사람을 길에서 만나게 되고 그 사람이 삼 년, 오 년, 팔년 해서 나와 같이 늙어가는 것을 볼 수 있었다. 흰 깃을 단 여학생 차림의 예쁜 소녀가 어느덧 커서 결혼을 해가지고 신랑과 함께 가두에 나서는가 하면 그 소녀가 조금 더 있다보면 어린아기를 등에 업고 시장통을 거닐기도 한다.

이모양, 오래도록 같은 장소에서 살다보니 거주지에 대한 불만이 생겼다. 나는 A읍이 내 고향이고 친척사람들이 살며 학교의 동창들이 많으며 새로 사귄 몇몇의 친구도 있고 집도 새로 세워서 생활로 보아서는 어떤 곳보다도 편리한 근거지가 될 수 있는데 너무 오래도록 한 지역에 산 불만이 생겼다.

　"어떻게 사람이 식물처럼 평생을 한 장소에서만 보낸단 말인가?" 다소 생활이 불편해도 좋고, 친구의 정을 한때 떠나는 일이 있더라도 장소를 옮겨서 살고 싶은 욕망이 수년을 두고 일어나기 시작했다. 그 소망이 달해져서 2년 전에 현재 주소로 옮기게 되었다.

　처음 이곳으로 옮긴 후 당장 이사를 할 형편이 못되어서 혼자 하숙을 하고 있었다. 나를 제한 다섯 가족은 모두 전거주지에 그대로 있고 나만 석 달 동안 하숙을 했다. 전근을 했으니까 직장 사람들은 낯이 익지 않고 지방사람도 아는 사람이 적었다. 거기다 가족들도 없어서 밤이면 쓸쓸한 혼자의 시간을 많이 보냈다. 잠은 오지 않고 천장을 쳐다보면서 하릴없이 공상을 하고 있으면 지나간 세월이 눈앞에 와서 주름이 잡혀지면서 '人生流轉?'하는 생각이 수없이 떠오르는 것이었다. 그토록 사람이 한 장소에서 어떻게 평생을 늙힐 수 있느냐고 불만을 가져서 옮겨놓고 벌써 뿌리를 잃은 듯한 감상에 젖는 나를 우습게도 생각했다.

　사람에게는 영원한 근거가 될 뿌리가 없다. 우선 정신적으로 그러하고 육체적으로도 그러하다.

어릴 때는 부모와 집과 고향이 사람의 마음의 의지
처로 생각되었다. 어디에 가도 고향에는 부모가 있고
형이 있고 자라던 집이 있어서 마음속에 항상 떠날 수
없는 근원같은 정착지가 있었는데 지금은 조부모님도
돌아가시고 어머니도 돌아가시고 형님도 돌아가셨다.
한 분 아버지께서도 중풍으로 오래 병석에 계셔서 고향
에 간다 해도 신상이야기나 다정한 정을 나누어볼 상대
가 없다. 거기다 집안살림도 완전히 다음대로 넘어가서
내가 고향에 간다는 건 조카아이들에게 손님대접을 받
는 외에 별 감회가 없다. 그렇게 되고 보니 무언지 근
원지를 잃어버린 부유하는 나를 느끼게 되고 내 위에보
다, 내 아래에 많은 사람이 나를 의지하고 있음을 깨닫
게 되어 사람의 근원이란 게 우습게 생각된다.

장소도 그렇다. 장남이거나 고향땅에서 농사를 짓고
있었다면 이런 생각이 나지 않을지 모르겠으나 직업을
따라 전전 40세가 넘도록 옮겨다니기만 하였으니 공연
히 정착지가 없다는 공허감이 날 때가 있다.

나는 열여섯 살 때 아버지를 따라 만주 길림성에 가
서 두 달 동안을 보낸 일이 있다. 그곳에 형님이 농사
를 짓고 있었기 때문이다. 봄이었는데 넓은 벌판에서
할일은 없고 매일처럼 못에 가서 풀 사이에 숨은 붕어
를 잡았다. 붕어가 어떻게나 많던지 못 속의 풀뿌리를
주무르면은 손바닥만큼한 붕어가 손에 잡혀나오는 것이
었다. 또 갯버들 속을 찾으면 물오리가 새끼를 쳐서 그
것을 잡을 수도 있었다. 중국 사람의 개가 너무 무서워

서 먼곳으로 골목길을 돌아다니기도 하고 신경 할빈 목단강을 한바퀴 돌기도 했다.

그러다가 조금 후 나는 청진으로 옮겨가게 됐다. 형이 농사에 실패하고 청진으로 갔기 때문이다. 나는 국민학교를 졸업하던 해 대구에서 중학교 입학시험을 쳤다. 재주도 없었지만 농촌에서 배운 얕은 실력에다 눈이 나빠서 눈 검사에 항상 말썽이 되었다. 중학에 떨어진 원인이 꼭 무엇인지 확실하지는 않으나 나를 데리고 다니시던 아버지는 내가 눈이 나빠서 그렇다고 위로해 주셨다. 그 심화를 풀기 위해서 아버지는 나를 멀고먼 만주까지 데려갔으며 청진에다 나를 남겨두게 되었다. 나의 객지생활은 열여섯 살부터 시작된 셈이다.

나는 그 뒤 청진서 별로 좋지도 않은 중학교를 다니면서 북쪽의 추운 기후와 싸우고 졸업을 한 후에는 연진이다, 회령이다 하는 곳으로 옮겨다니면서 토목일을 보았다. 측량기를 둘러메고 산천을 이웃집처럼 다녔다. 그것이 해방이 되기 두 달 전에 고향으로 왔다. 해방이 되고 질서가 움직이는 통에 직업은 곧 구해지지 않고 임시로 아무거나 해본다는 것이 지금의 교사직이다.

나는 앞에서 10년이 넘도록 같은 주소에서만 살아왔다고 하였는데 그 전에는 수없이 많은 이동을 하며 다녔다. 그러나 해방후로는 지금처럼 고향서 상당히 먼 대구까지 오기는 처음이다. 대구의 몇몇 거리에 나가보면 건물들은 많이 달라졌지만 어릴 때 중학교 시험을 치러 왔을 때의 낯익은 거리를 보게 된다. 벌써 20여

년의 세월이 흘러갔는데도 어릴 때 그 모습이 그대로 나의 정서권 안에 남아있다는 건 신기한 일이다. 그리고 그 거리를 지금 내가 걷고 있다는 사실을 깨달았을 때 사람은 참으로 구름처럼 흘러다닌다는 실감을 더욱 하게 된다.

사람에게 영원한 뿌리가 무엇일까? 세상에 사는 모든 생물이 사실은 사람 모양 전부 뿌리가 없는 생활을 하고 있다. 나무도 땅 속에 박고 있는 뿌리만 빠지면 그것으로 모든 것이 끝나버리고 소, 말, 새 등도 모두 영원히 살 것같이 꿈틀거리지만 그들이 살고 있는 근원지는 어디란 말인가? 아래 위가 단절된 바닥이 없는 생활을 하고 있는 게 생명있는 물체의 전부가 아닐까? 그래서 사람은 종교를 생각해내서 근거할 근본 바닥을 하나님으로 혹은 부처님으로 정해서 귀의하려고 노력하는지 모른다.

나는 그 뒤 A읍에 두고 온 집도 정리했다. 돌아가서 살 예상도 할 수 없고 그럴 필요도 느끼지 않는다. 인간도처유청산(人間到處有靑山)이란 말도 있는데 이곳에서 미련없는 인생을 끝맺을 생각이다. 그러나 지금은 아직도 영원한 근거지를 찾는 공허감 때문에 영화제목과도 같은 '인생유전?'하는 어휘에 사로잡히곤 한다.

창작의 기쁨

죽었다가 다시 태어날 때는 남자가 되겠다고 하는 여성이 많다. 여성이 당하는 불평등, 출산의 고통, 행동의 부자유 등을 생각하는 것 같다. 그러나 어떤 여성은 다음에도 또 여자로 태어나고 싶다는 말을 한다.

여성이 된 자존심을 지키겠다는 높은 뜻인지도 모르겠다. 아니면 남자들이 다 알지 못하는 매력같은 것이 여성에게 있는지도 모른다.

돈에 굶주려 본 사람은 다음에는 부자가 되고 싶어하고, 지식에 굶주려 본 사람은 재능을 가지고 태어나고 싶어한다. 평생 동안 건강 문제로 고생한 사람은 무엇보다 건강 조건이 좋은 사람으로 태어나고 싶다.

나에게 만약 그러한 질문이 온다면 "다음에도 시나 수필을 쓰는 사람이 되고 싶다"고 말할 것 같다. 거기에 조건을 더 붙인다면 천부적인 재능을 더 많이 받고 싶다고나 할까.

20세 전후부터 40여 년 동안 글과 인연을 가지고 씨름을 해왔으면서 싫증도 나지 않느냐고 말할 사람이 있을지 모른다.

"문학은 예술이 아니다"고 말한 체계론자가 있었다. 다른 예술은 모두 감각기관을 통해서 직접 표현하고 직접 감상하는데 비해서 문학은 문자라는 중간물을 거쳐야 한다. 그리고 문자 자체는 아름다움을 나타내는 직접적인 매개체가 못된다. 그것의 뒤에 문학이 숨겨져 있다고 할까, 활자를 읽은 후에야 비로소 상상이라는 예술적인 체험을 하게 된다. 그래서 소리와 색채와 동작을 귀와 눈으로 바로 받아들이는 다른 예술과 구별을 하려는 것이다.

그러나 문학 창작의 정신적인 과정은 다른 예술과 똑같다. 작품 속에 담겨있는 감정과 사상도 다른 예술과 비슷하다. 감상할 때의 미의 체험은 어떤가? 그것도 기쁨을 주는 양과 질에 있어서 다를 바가 없다.

최근에 나는 청탁 받은 원고를 쓰기 위해서 며칠을 두고 끙끙거렸다. 무엇을 쓸까에서부터 어떻게 쓸까지 온갖 생각을 계속해 왔다. 그러다가 어느날 새벽에 잠이 깼다. 맑은 기분에 스며 들어온 것은 또 수필 생각이었다. 누운 채로 생각을 하다가 나는 벌떡 일어나서 펜을 들었다. 어떤 정령(精靈)이 머릿속에 들어와서 움직였던 모양이다. 글이 주룩주룩 흘러나오지 않는가?

한 시간쯤 지났을 것이다. 글은 완성이 되었다. 펜을 놓으니까 가슴이 후련하다. 가뭄에 소낙비를 만난 듯이 속이 시원하다. 나는 기분에 취해서 다시 자리에 누웠다. 그대로 소낙비의 물줄기를 계속해서 체험하고 싶었다.

날이 새었다. 써 놓은 원고를 손에 들었다. 한 시간 동안에 바쁘게 쏟아 놓은 글인데도 고칠 곳이 별로 없었다. 나는 또 도취의 상태가 되어서 "다음에 다시 태어난다면 글을 쓰는 사람이 되리라" 혼자 이런 생각을 하고 있었다.

창작의 기쁨은 가슴으로 오는 기쁨이다. 창작의 기쁨은 우주의 문을 열면서 온다.

물론 그 기쁨에 대적할 만한 고통도 있다. 청탁 받은 날부터 앓아온 생각의 고통은 다른 사람은 아무도 모른다. 그러다가 글이 뜻대로 나오지 않았을 때는 또 고통을 당해야 한다. 쓰고 지우고 쓰고 지우는 아픔을 체험해 보지 않는 사람은 다 모른다. 뼈를 깎는 작업이라고 했던가? 그러한 고통이 있기 때문에 출산의 기쁨이 큰 것인지도 모르겠다. 고통의 과정이 적었다해도 출산의 기쁨은 있다. 그것은 정신의 결정체가 분가(分家)를 해나가는 해방감이 있기 때문이다.

창작의 기쁨은 순수하다. 창작의 기쁨은 몸 전체로 온다. 학문이 理知에서부터 기쁨이 온다면, 성은 피부로부터 기쁨이 오고, 예술은 정서에서부터 기쁨이 온다. 그래서 가장 맑고, 가장 강하고, 가장 오래도록 지속이 된다.

공장에서는 매일 수많은 상품이 만들어진다. 자동장치로 된 기계도 나오고 색채가 영롱한 전자제품도 나온다. 그것들을 보고 있으면 정교한 아름다움이 예술품을 닮았다는 생각이다. 그러나 규격이 하나같은 그들에게서 곧 눈을 떼야 한다. 그 이상도 그 이하도 아닌 한계에 부딪히기 때문이다.

상품을 제작하는 기술자에게도 기쁨은 있다. 자기의 뜻대로 만들어졌을 때의 만족감이다. 하지만 그것뿐 영혼을 옮겨 놓는 기쁨은 그들에게 없다. 두고두고 아끼고 싶은 충동도 없다. 만약 그러한 충동과 애착이 있다면 그것은 이미 상품이 아니고 예술품이 되었을 경우이다.

여성은 여성으로서 가지고 있는 운명적인 결함을 누구나 알고 있다. 그러면서 또 여자가 되고 싶다고 하는 데는 이유가 있다. 그것이 고통 속에서 발아되는 여성만의 기쁨인지도 모른다.

여성에게는 시와 같은 요소가 있다. 뜨거운 정념이 있고, 그것에 매달리는 행복감이 있다.

아기를 낳는 일은 하늘이 무너지는 공포가 있다고 한다. 그러나 자기 몸에서 하나의 생명이 낙하하는 유열도 있다. 열 달 동안의 고통이 뭉쳐서 어느날 아찔한 해방을 체험했을 때 그것은 예술작품의 탄생과 얼마나 다르랴? 하나의 생명이 태어난다는 사실은 우주의 문이 열리는 큰 사건이다.

그래서 어떤 여성은 자기만이 겪는 그 기쁨을 다음 세상에 가서도 또 체험하고 싶은지 모른다.

독자의 눈

「샘터」라는 잡지에 글을 실은 일이 있다. 공동 제목의 특집 청탁을 받았던 것이라, 책이 나오고 며칠 후에 편지 한 통이 날아왔다. 주소도 이름도 기억에 없는 독자의 편지였다. "고통스러운 체험을 가진 사람이라야 인생관(人生觀)이 옳게 세워질 수 있다"라는 말이 나의 글 속에 표현되었었는데, 독자는 그 대목을 지적해 놓고 "자신은 상당히 고통스러운 체험을 가진 사람인데도 분명한 인생관이 아직 세워지지 않은 사람이 되고 있는데 그것은 무슨 까닭이냐?"라는 내용의 편지였다.

나는 즉시 회답을 썼다. "고통의 체험을 가진 ○○양이 나의 글을 읽고 편지까지 내도록 충격을 받았다면, 그 충격의 이면에 벌써 강하고 분명한 인생관이 준비되고 있는 것으로 생각된다"는 이야기를 썼다. 그 후 다시 편지가 왔고 토론과도 같은 편지의 왕래가 오래도록 계속되었다. 편지를 왕래하면서 느낀 것은 그가 상당한 수준의 지식 여성이라는 것과 종교적인 체험을 많이 가지고 있는 진실한 사람임을 알게 되었다.

"소비자는 왕이다"라는 말이 있듯이, '독자는 왕이다'

라는 말도 있을 법하다. 작자의 글을 읽는 사람은 바로 독자다. 독자를 예상하지 않는 글은 있을 수 없다. 그 독자가 '어떠한 눈으로 무엇을 글 속에서 보았느냐?'의 문제는 독자를 왕의 자리에 올려놓는 이유가 된다. 그리고 단순하고 직관적인 독자의 한 마디는 때로 정확할 수도 있다. 전문적인 비평가의 눈은 이론이라는 한 겹의 색안경을 가지고 글을 읽지만 독자는 그러한 안경이 있을 수 없다. 음악이 가슴에 와서 바로 부딪치듯이 글도 독자에게는 직접으로 부딪쳐 간다. 그것을 느낀 대로 던진 독자의 말에 왜 진실이 없겠는가?

버스를 타고 통근을 하면 옆자리의 사람과 곧잘 대화가 이루어진다. 그때의 상대는 각양하다. 할아버지가 될 수도 있고 아주머니가 될 수도 있고 승려가 될 수도 있고 어린 학생이 될 수도 있다. 상대에 따라 대화의 질도 많이 달라진다.

어느 날 옆자리에 아가씨가 앉게 되었다. 몇 마디의 대화로 그가 고등학교의 영어 교사임을 알았다. 영문학을 전공했기 때문에 문학이라는 넓은 의미에서 대화는 곧 그 방향으로 옮겨져 갔다. 아가씨는 한 사람의 교사라는 자격보다 문학을 생각하고 있는 수준 높은 학도의 한 사람이었다. 학생 시대에 읽어 온 책의 양이 많았고, 그것을 소화한 체험이 구체성을 가지고 있었다. 이야기의 도중에서 그는 나를 두고 '글을 쓰는 분이 아니냐?'고 묻게까지 되었다. 대화 속에서 그것을 느낄 수 있었던 모양이다.

그 후 같은 방향의 비슷한 시간에 버스를 탔기 때문에 만나는 기회가 많아졌고, 대화는 제한없이 여러 면으로 번져갔다. 1년은 넘겼으리라. 봄이 되자 그 중 한 사람이 이동이 돼서 통근의 방향이 달라졌다. 나는 대화역을 잃고 조금은 서운하기까지 했다. 먼 곳으로 직장이 옮겨진 나는 비로소 처음으로 그에게 이동이 된 사실을 알리는 편지를 냈다. 며칠 후 그에게서 답이 왔다. 1년 동안 대화를 통해서 공부한 것이 많았다는 말이 있었고, 다음과 같은 대목의 글을 쓰고 있었다.

　"세상에는 자기의 생각들을 기가 막히게 간결한 글로써 잘 표현하는 사람이 있습니다. 그들은 시인입니다. 세상에는 또 기가 막히게 사실인 것처럼 거짓말을 잘하는 사람들이 있습니다. 그들은 소설가입니다. 그리고 선생님! 세상에는 기가 막히게 사물을 투시하며, 자기의 인격을 글로써 정확하게 표현하는 사람들이 있습니다. 그들은 수필가입니다. 저는 이러한 사람들을 볼 때마다 그들은 하늘의 축복을 받은 사람들이라고 생각합니다. 왜냐하면 그들은 나이와는 관계없이 뛰어난 표현력을 가지고 있기 때문에 이것은 분명히 하늘의 축복이 아니면 그럴 수가 없다는 생각 때문입니다.

　아! 저는 다만 그들의 작품을 읽고 감탄만 하는 사람에 불과합니다. 저는 그 동안 선생님의 수필을 읽을 때마다 느낀 점이 있었습니다.

　선생님의 수필은 자신의 인격을 거의 그대로 나타내고 있습니다. 고요하고 포근한 점, 슬프고 고통스럽고

구질구질한 것에 얽매이지 않는 점, 오히려 그러한 것을 초월해서 제 3의 입장에서 자신을 바라보는 태평스러운 점, 자신의 내면 세계를 깊게 파고 들어가는 점… 어떻습니까? 저의 이러한 비평이 엉터리는 아니겠습니까? 선생님의 사전에는 불행이라는 말이 없다고 저는 생각한 때가 있었습니다. 왜냐하면 선생님은 선생님 자신에게 불행이 다가왔다 해도 그것을 남의 입장에서 받아들이고, 해석을 하고 느끼기 때문에 선생님 자신은 불행을 전혀 느끼지 않거나 아니면 조금밖에 경험하지 않는다는 것입니다. 그러므로 불행을 남의 입장에서 경험하는 선생님에게는 불행이 없다라고 단언을 할 수 있다는 것입니다."

이 편지의 내용은 한마디도 수정을 하지 않은 원문 그대로다.

쓰여 있는 내용의 사실은 우선 두고, 그가 필자에게 보내는 눈이 얼마나 날카로운가를 생각하게 한다.

버스 안에서 1년 동안 대화를 나눈 영어 교사는 그러면서 평소에는 한마디도 나를 비평한 일이 없었다. 발언의 자유를 얻은 편지에서 비로소 자신의 눈을 보여 주었던 것이다.

작품에 대한 독자의 반응을 편지를 통해서 들어 본 일은 과거에도 있었다. 하지만 이모양 구체적으로 사람과 글을 함께 이야기한 편지는 처음이었다. '독자는 왕이다'하는 평범한 말을 음미해 볼 기회가 되었다고나 할까?

인격의 유혹

'식당과 요정'하면 식당 편이 좀더 점잖고 조용한 곳 같다. 식당은 식사나 하는 곳이니까 처음부터 요정과는 개념이 다르다. 한데 식당에서도 술을 팔고 접대하는 여성이 있고 노래도 부르며 즐기기도 한다. 어떤 차이에서 식당과 요정을 구별하는지, 이용이나 하는 우리로서는 한계를 잘 모르겠다. 한데도 당국에서 가끔 '공무원 요정 출입 금지'할 때는 식당은 제외되는 모양이다. 한계야 어떻든 동료 10여 명이 식사의 용무로 어느 식당에 들르게 되었다.

음식과 함께 접대하는 여성이 4, 5명 따라 들어왔다. 식당이니까 노래를 한다거나 위안을 위해서 참석했다기보다 식사의 편리를 위해서 시중 들러 온 것이다.

손님들 사이에 적당한 거리를 두고 끼어 앉는다는 게 그 중 한 사람은 나의 옆에 오게 되었다. 보니까 눈이 댕그랗고 표정이 아주 맑은 소녀였다. 스물 둘은 되었을까? 성명을 대고 능숙한 솜씨로 음식에 손을 나누면서 손님들에게 먹기를 권한다. 접대로 나오는 소녀들 가운데는 자기의 무식을 감추기 위해서 유식한 말을 쓴다는 게 도리어 무식을 노출해 버리는 수가 있는데 이 소녀는 자연스러운 말 속에 감추지 못하게 학력이 조금씩 빚어져 나온다.

동작과 대화와 표정이 어딘가 비속한 데가 있다 느껴진다. 발음도 분명하고 화술도 좋고 얼굴도 잘 생겼다는 인상이다. 여고쯤 나왔으리라.

그런데 내가 너무 처음부터 높여 보는 선입감 때문에서일까? 손님에게 잘 동화되면서도 자기를 강하게 붙잡고 있다는 개성이라고 할까? 순수라고 할까? 그런 성격의 내부가 직관으로 느껴진다. 다방이나 음식점에 종사하는 여성들 가운데는 소박과 순결을 장식으로 꾸미는 사람이 있다.

대개의 남성들은 여성들에게서 소박과 순결을 찾고 있다는 것을 그들도 잘 알고 있다. 그래서 배우 모양 연기를 하는 여자가 있다. 한데 이 소녀는 그런 가림이 안 보인다. 말은 오히려 남발인데, 꼭히 손님의 비위만을 위한 것도 아니고, 손님들의 손이 닿아 오면 적당한 거절도 한다.

얼마간 시간이 지나가자 일행은 주흥에 겨워, 이쪽으로부터 관심이 멀어져 갔다. 나는 소녀와 이야기를 하고 싶은 충동으로 질문을 했다.

"손님들의 유혹을 막아낼 자신이 있느냐?"고… 손님과 자기 사이를 끊어 놓으려는 소녀의 노력이 너무 분명했기 때문에 물어 본 질문이었다.

소녀는 잠간 생각하더니 어느 날 일기에 썼다는 이야기를 했다.

"어떤 남자는 돈으로 유혹하려 하고, 어떤 남자는 기질로써 유혹하려 하고, 어떤 남자는 얼굴로 유혹하려 하고, 어떤 남자는 지식을 가지고 유혹하려 한다. 그러나 나는 그 모든 유혹을 이길 자신이 있다. 유혹은 그들이 나를 끌려는 힘이기보다 내가 그들에게 끌리는 힘이다. 그런 뜻에서, 나는 앞의 여러 가지 유혹에 끌리지 않을 자신이 있다. 하지만 한 가지 유혹에는 자신이 없다. 그것은 인격의 유혹이다. 나는 인격의 유혹에 약하다. 인격의 유혹이 나에게는 가장 무서운 유혹이다."

이와 같은 뜻의 이야기였다.

나는 소녀의 분명한 그 판별력에 놀랐다.

'인격의 유혹!'

과연 적절한 표현이란 생각이 들었다. 그래서 '인격이 만약 아가씨를 유혹하려 들었다면 그건 아마 참된 인격이 아닐 거야?' 하는 의문을 주었더니,

"그 때문에 유혹은 남이 나를 끄는 것이 아니고, 내가 남에게 끌리는 것이라고 하였지 않아요?" 한다.

소녀는 이어서 자신의 사생활을 설명했다. 물론 그것은 나에게만 털어놓는 공개였다. B시가 고향인데 고 3 때 연애를 해서 졸업 후 결혼할 뜻을 부모에게 폈으나 부모가 허락하지 않아서 가출을 하였다고 한다. 남자는 지금 입대 중인데 5개월 후에 제대를 하면 곧 결혼하

겠다는 것이었다. 부모의 허락을 어떻게 받느냐고 물었더니, "결혼을 한 다음에야 부모인들 어떻게 하겠어요" 하면서 자신이 만만하다.

나는 처음의 소녀에 대한 판단이 과히 틀리지 않았음을 알았고, 그모양 배후에 강한 사생활을 가졌기 때문에 감추지 못하게, 개성과 자기 보호의 의식이 분명한 것을 알 수 있었다. 그리고 소녀가 일기에 썼다는 그 '인격의 유혹'에 대해서 말이다. 소녀가 인격의 유혹을 느낀다는 건 인격을 발견할 줄 안다는 뜻이 아닐까? 접대의 일을 맡는 여성들은 대개가 돈과 권력과 용모의 유혹을 받는 게 보통이다. 인격의 유혹은 너무 완만하고 너무 깊고 너무 비행동적이어서, 오늘의 관능에 눈 뜬 사람에게는 그렇게 환영되지 않는 유혹이다.

그런데 이 소녀는 인격의 유혹이 가장 무섭다고 하였다. 소녀가 말한 인격의 유혹도 남자 편에서 보면 그것도 일종의 유혹의 수단이라고 할지 모른다. 그러나 소녀의 인격 판정이 정확하다고 본다면 소녀 안에는 참으로 소중한 무엇이 감추어져 있다.

소녀는 남성에 대해서 아직은 희망적이다. 접대를 맡는 여성은 상당한 수가 남성에 대해서 비관적이다.

'남자는 모두 도둑놈이다' 하는 생각을 가지고 있다.

어느 여학교의 교장 선생님은 학생들에게 교훈삼아 내거는 경구가 있었다. 그것은 '남자는 모두 이리다' 하는 말이다.

'남자는 모두 이리다'라든지 '남자는 도둑놈이다'라는 말에는 일리가 있다.

사실 어떤 남자도 위의 말을 전적으로 부인할 남자는 없을 것이다. 그러나 한편 생각하면 이리나 도둑놈이 아닌 사람은, 남자의 요소를 좀 결했다고도 볼 수 있다. 도둑놈이란 곧 애욕을 말한다. 여성의 애욕보다 남성의 애욕은 좀더 적극적이고 행동적이다.

그것이 이성과 교양과 천성의 제약을 덜 받을 때 도둑놈으로 나타나고 이리로도 나타난다. 그러나 반대로 애욕이 승화될 때는 시나 소설로도 나타난다. 남자 전부가 애욕의 노예로서만 행동한다면 남성계에는 사실 무질서만이 있을 것이다.

소녀는 남자에게서 인격을 찾고, 그것이 비록 인격이 아니라 해도 책임을 남자에게만 돌리지 않고, 오히려 자기에게서 찾고 있다는 사실이다.

소녀는 5개월 후에 직업에서 해방이 된다고 하였다. 그리고는 숙원의 결혼을 한다고 하였다. 소녀의 앞날에 인격을 찾는 그 진실이 영원하기를 빌고 또 결혼생활이 행복하기를 빈다.

아들

12시가 조금 지난 밤이다. 집사람과 잡담을 나누는 동안에 시간 가는 줄을 몰랐다. 아내란 평생의 반려자다. 사랑의 대상이라기보다 정(情)의 의지처라고 할까? 미더운 친구 같고 무관한 말벗이다. 낮에 일어난 일이며 앞으로의 계획이며 자녀에 관한 문제를 이야기하는 동안에 시간은 자꾸 흘러간다. 중요한 이야기가 아닌 것도 그렇게나마 대화를 나누는 동안에 정이 느껴지고 가정의 문제가 해결되어 간다.

옆에는 아이들이 잠들어 있다. 그들의 의지처는 지금 부모뿐이다. 무엇에 의지하고 있는가를 구별도 못하면서 그들은 지금 완전한 의지 속에서 살고 있다.

부엌을 건너서 옆방이 하나 있는데, 그 방에는 큰놈이 책을 읽고 있다. 올해 고등학교 3학년이다. 놀면 놀아서 걱정이지만 너무 책을 밤 오래도록 읽으면 건강 때문에 또 걱정이다. 부모의 사랑은 맹목이라고 하는데 사실 그렇다. 되도록 그들에게서 관심을 떼고 신경을 과도하게 쓰지 말아야 되겠다고 생각하면서도 당하면 그것이 안된다. 그들도 부모의 간섭을 원하지 않는다. 그러면서 참으로 아주 완전히 부모의 간섭에서 떠나는 것도 또한 원하지 않는다.

아내와의 대화도 대단원에 이르고 방안은 잠시 조용해졌다. 아내는 잠을 청하는 모양이다. 결혼 후 20년이 넘도록 아내와 살면서 느껴 오는 건, 그래도 넓은 이 세상에서 의지할 수 있는 완전한 대상이란 부부가 아닌가 하는 생각이다. 더구나 양친이 돌아가시고부터는 위로 의지할 수 있는 어른이 없고, 우리 부부가 곧 아래로 네 자녀의 의지처가 되고 있다는 생각을 하게 된다. 그러고 보면 나도 어지간히 나이를 먹었다.

만약 부부의 둘 중 어느 하나가 먼저 이승을 떠난다면 남은 하나는 얼마나 외로울 것인가? 그래서 옛날부터 결혼 축사 같은 데서 검은 머리 파뿌리 될 때까지 백년해로해야 된다고 강조하는 모양이다. 돈과 명예, 그 무엇과도 바꿀 수 없는 만년의 행복은 부부의 해로가 아닐까? 부모가 늙으면 자녀를 정신면에서 의지한다. 그러나 그 의지가 부부 사이의 의지와는 아무래도 좀 성질이 다르다.

아내는 코 고는 소리를 낸다. 잠이 든 모양이다. 그때 마당에서 덜커덩 하는 쇠붙이 소리가 크게 들린다. 나는 곧 그것이 무슨 소리인지를 안다. 큰놈이 운동을 시작한 소리다. 고물상에서 역기 한 틀을 사다 놓고 아침이나 밤에 운동을 한다. 12시가 넘은 깊은 밤인데도 큰놈은 혼자 나와서 하늘과 대결하는 듯이 운동을 하고 있다. 나는 공연히 궁금해져서 반신을 일으켜 문구멍으로 밖을 내다본다. 큰놈은 대지를 튼튼하게 밟고 상당히 무거운 역기를 공중에 쳐들었다. 그것을 여러 번 계속하다가 조금 쉰 후에 또 계속한다. 나는 어느 사이에 기뻐진다. 운동을 하는 아들을 보면 웬지 기쁜 마음이 생긴다. 아들의 건강이 곧 내 건강이라는 감정 때문일까? 커 가는 아들에 대한 이유없는 기쁨 때문일까?

나는 잠들기 시작한 아내를 깨운다. 혼자 보기가 아까운 까닭이다. 아내는 놀란 듯이 잠을 깬다. 나는 아내의 입을 막으면서 문구멍으로 아내의 눈을 끌고 간다. 큰놈의 운동을 방해해서는 안되기 때문이다. 아내는 영문도 모르고 따라와서는 문밖을 보고서야 빙그레 웃는다. 아내도 문구멍에서 눈을 떼지 않는다. 역시 기쁜 모양이다. 방안은 캄캄한데 밖은 훤한 하늘 때문인지 큰놈의 동작을 정확하게 볼 수가 있다.

가정은 가족들의 생활 근거지다. 가정을 중심해서 가족들은 떠나가고, 가정을 중심해서 가족들은 모여든다. 가족들은 제각기 자기 문제를 가지고 가정이라는 울타리 속에서 서로 의지하고 논의하고 해결 짓는다. 가족 한 사람의 괴로움은 곧 전 가족에게 영향을 주고 가족 한 사람의 기쁨은 전 가족을 즐겁게 만든다.

인간은 평생 동안 미래에 대한 기대를 버리지 않는다는데, 그 기대도 가정을 중심해서 더욱 커지기도 하고 또 소멸되기도 한다. 좀더 여유있게 살아 보려는 기대, 좀더 가족들이 단란하게 살아 보려는 기대, 그리고 자녀들이 좋은 공부를 해서 큰 인물이 되었으면 하는 기대 등 여러 종류가 있다.

인생을 속아 산다는 말이 있다. 큰 기대를 두어서는 안 된다는 것을 알면서도 어느덧 무엇엔가 기대를 걸어 보는 본능은 현재의 고통을 이기게 하려는 신의 계획 때문일까?

역기를 오르내리는 큰놈의 운동 소리를 들으면서 나는 자리에 다시 눕는다. 밤의 세계는 조용하다. 시계는 벌써 1시를 가리킨다. 아내도 돌아가 다시 잠을 청한다.

아들 딸들은 부모의 생명의 연장체다. 따로 떨어져 나가서 하나의 생명체로 독립을 하였지만, 그것의 근원은 항상 부모에게 있다. 육체가 그럴 뿐 아니라, 정신도 따지고 보면 부모에게서 받아 간 것이다. 그래선지 그들의 정신 속에는 나를 닮은 부분이 상당히 있다. 장점도 있고 결점도 있다. 또 부모와 전혀 다른 부분도 있다. 먼 조상에게서 받아 온 것도 있으리라. 그래서 아들 딸에게서 느껴오는 단점은 고쳐 보고 싶은 욕심을 느낀다. 부모들이 과도하게 자녀들을 간섭하는 건 이 단점에 대한 보상욕이다.

악의가 아닌데도 자녀들은 부모의 그 간섭을 이해해 주지 않는다. 그래서 나는 가끔 생각해 본다. 그들에게 가는 나의 욕심을 억제해야 된다고… 그들에게 가는 기대도 마찬가지다. 어떤 인간으로 성장하든 현재로서는 나의 성의를 다할 뿐, 그 방향을 나의 의도에 맞추어 보려는 욕심을 버려야 한다고… 나는 내가 남의 아들로서 과거에 어떻게 커 왔는가를 생각해 본다.

사람은 누구나 한 번은 자식 노릇을 해야 하고, 또 한 번은 부모 노릇을 해야 한다. 아들로서의 나를 반성해 보는 것은 지금의 나의 아들을 보는 바른 눈을 가지게 한다. 그러면 내가 부모에게 소홀했던 여러 가지를 생각하게 된다. 아들 딸을 길러 보아야 부모의 고충을 비로소 이해한다는 예로부터의 말은 진리다. 그래서 아들 딸에게 가는 나의 욕심을 되도록 냉정하게 가지려 노력한다. 그것은 나의 마음의 평화를 위해서도 유익한 일이고, 그들의 자유를 위해서도 이익이 되는 일이다.

그런데도 이런 깊은 밤에 큰놈의 운동하는 광경을 보고 기쁜 마음이 생기는 것은 무슨 까닭일까? 이것을 맹목적인 사랑이라고 명명하는 것일까?, 아니면 나의 생명이 또 하나의 다른 생명에 의해서 연장되어 간다는 동체의식(同體意識)에서 오는 본능이라고 하는 것일까?

목욕탕

목욕탕 있는 쪽을 향해서 길을 걷고 있으면 가끔 신선한 자태의 여인을 만난다. 목욕탕에서 막 나오는 여인은 누구나 청신하다. 화장을 잘한 여인은 그런 대로 화장미가 있지만 목욕탕에서 갓 나오는 여인은 자연미가 있다. 머리는 긴 그대로 흩어져서 자연스럽고 얼굴에는 한 가루의 분도 발려 있지 않으니까 또한 자연스럽다. 말끔히 씻겨진 여인의 피부는 금방 탄생한 여신이라고 할까? 만약 그런 때 얼굴이 시원스럽게 잘 생겼거나 육체가 아름다운 여인이면 나의 눈은 더욱 황홀해진다.

속된 탐욕에서 느껴지는 눈이라기보다는 그림 속에 있는 여인이, 실물이 되어서 밖으로 걸어 나오고 있는 것 같은 예술로서의 황홀이다.

세상에는 아름다운 공짜가 많다. 전시장에서 보는 그림과 조각과 서예들은 돈들이지 않고 구경할 수 있다. 그에 못지않은 아름다움으로 거리의 여인이 있다. 계절에 맞는 새 의상을 조화있게 입고 나온 여인은 우리의 눈을 위로하기에 충분한 가치를 가지고 있다. 나이가

든 여인은 침착한 표정을 가져서 아름답고, 발랄한 표정을 가진 처녀는 신선해서 우리의 감각을 새롭게 해준다.

목욕탕 안에 들어가면 이곳은 나체족의 전시장이다. 어른과 아이, 큰 사람과 작은 사람, 뚱뚱한 사람과 홀쭉이 해서 각종 각양의 육체를 받들고 우왕좌왕한다. 나도 한 덩치의 육체를 다수 속에 참여시켜 놓고 때를 벗기는 작업을 시작한다. 아까 거리에서 본 여인에게서는 그림을 구경하는 충동을 느꼈지만 목욕탕 안의 나체에서는 조각을 보는 충동을 느낀다. 어깨의 살이 푹 불거져 나온 운동 선수 같은 사람을 보면 종합 운동장에 세워 놓은 나체 조각품을 연상한다. 예술이 자연을 닮았는지 자연이 예술을 닮았는지 도무지 구별을 못할 정도로 비슷하지 않은가?

가운데는 여성의 몸처럼 선이 고운 사람도 있고, 어떤 사람은 흑인처럼 검기만 한 사람도 있다. 그늘에서만 살아왔는지 피부가 마냥 표백된 흰빛의 사람도 있다. 쭈글쭈글한 주름 속에 어느 정도의 근육을 감추고 있는지 의심이 날 정도로 노쇠한 사람도 있다. 그러나 큰 눈으로 바라볼 때 신의 제작품인 인체는 모두가 모양이 닮았다는 데에 또한 놀라지 않을 수 없다. 늘어진 팔, 딱 벌어진 두 다리, 머리, 배, 다리의 세 가지 구별, 그래서 가운데의 부분까지 모두가 비슷한 형태를 가진 데는 공연히 웃음이 나올 지경이다. 평범한 것도 이상한 눈으로 바라보면 새삼스럽게 신기해진다. 손가락은 왜 그 모양으로 다섯 갈래로 나누어져 있으며, 발가락은 또 왜 그 모양으로 끝에 가서 똑같은 다섯 조각이 되었을까? 그러한 비슷한 형태가 다수 모여서 이리저리 움직이니까 더욱 우스울 수밖에 없다.

그런데 이 목욕탕에서는 전혀 부끄러움을 모른다. 감추어진 부분은 한 군데도 없는데 고개를 숙이거나 몸을 오그리는 사람이 없다. 정정당당하게 온 나체를 흔들면서 다니는 광경은 그대로 육체의 민주주의다. 아마도 육체에서 오는 부끄러움이란 이성(異性) 사이에서만 생겨나는 감정인 모양이다. 여인의 목욕탕에도 남자들처럼 부끄러움이 없는 완전 개방주의일까?

아담과 이브의 이야기를 쓴 「창세기」는 비록 그것이 상상의 세계라고 하더라도 진리의 일면을 가진 것 같다. 그들에게 부끄러움을 부여한 것은 분명히 후천적인 것이다. 지혜의 열매를 따먹은 후부터 몸을 가리기 시작했다니까 그전에는 부끄러움을 몰랐을 것이 아닌가. 이모양 남자끼리의 세계에서는 부끄러움을 모르는 것으로 보아 이성 사이에서만 육체에서 오는 부끄러움을 문제삼게 되는 것 같다.

나는 목욕탕 가기를 좋아하지 않는다. 때를 벗기는 과정이 도무지 귀찮아서다. 그러나 나는 목욕탕에서 나오는 시간을 매우 좋아한다. 때를 벗기고 난 뒤의 기분이 상쾌해서다.

어떤 사람은 목욕을 매일 하고 어떤 사람은 1주일마다 하기도 한다. 그러나 나는 2주일에 한 번씩 가는 정도다. 그것도 주기를 정확하게 정하지 않는다. 몸이 끈적끈적해져서 견딜 수 없을 때 비로소 수건과 비누를 들고 나선다. 미련스럽고 게으른 사람 같지만 나대로는 이유가 있다. 끈적끈적한 불쾌감에서 때를 씻은 뒤의 상쾌감까지의 낙차를 크게 만들기 위해서다. 만약 매일 목욕을 하거나 1주일마다 목욕을 한다면 목욕을 마친 뒤의 상쾌감이 별로 없을 것이 아닌가?

행복과 불행도 그와 같은 것으로 생각된다. 항상 행복한 사람은 행복의 참맛을 모른다. 불행에서 행복으로 옮겨가는 전환점에서 우리는 행복의 따끈한 새맛을 느끼게 되는 것은 아닐까?

목욕은 육체의 청소다. 육체 뿐 아니고 정신의 청소도 된다. 목욕을 끝내고 밖으로 나와 보라! 세상이 전보다 밝게 된 것을 느낀다. 육체에서 오는 상쾌감 때문에 정신이 맑아졌기 때문이다. 비 온 뒤의 수목을 바라보면 목욕이 돼서 색채가 선명하다. 만약 수목에게도 마음이 있다면 얼마나 기분이 깨끗하겠는가! 나는 목욕 가기는 싫어해도 목욕탕에서 나오는 것은 좋아한다고 했다.

그리고 갈증을 축이기 위해서 차가운 맥주라도 한 잔 마신다면, 그것은 세상의 일미다. 확실히 몸의 조건은 음식의 맛을 좌우한다. 찬물도 갈증 때 마시면 꿀맛이 되지 않는가? 나는 한 잔의 술에도 곧 취하게 되는

체질을 가졌다. 돈을 아끼라고 한 하나님의 은총이다. 그러면 취한 기분이 돼서 집까지의 거리를 산책할 수 있다.

사람이 행복을 느끼는 순간은 여러 경우가 있겠지만, 자기라는 의식을 주위에게 흡수당했을 때 대체로 행복해진다. 그리하여 나는 스스로를 주위에게 빼앗기는 행복에 잠기면서 천천히 아주 천천히 걸음을 옮겨 놓는다.

고목

고목 한 그루가 골목 어귀에 서 있었다. 작은 나무가 울타리 안에 더러 있을 뿐, 고목과 같은 큰 나무는 없었다. 우뚝 솟은 키가 먼 곳에서도 보이고, 길을 묻는 사람이 있으면 그 고목을 표준으로 설명을 했다.

봄이 되면 잎이 돋고 여름이 되면 무성한 가지가 풍만하게 움직였다. 인심이 두터운 할머니처럼 고목은 길을 지키면서 일렁거리고 있었다. 사람들은 그 나무 밑에서 장기판을 벌이기도 하고, 빵을 굽는 아주머니는 고목을 의지해서 수레를 세워 놓고 장사도 했다. 조무래기들이 몰려와서 빵을 사 가지고 나무 밑에서 재롱을 부렸다. 그래도 고목은 커다란 품을 벌리고 그들을 수용해 주었다.

나는 밤이 되면 그 고목을 근거로 해서 나의 집을 찾는다. 근처에는 비슷한 골목이 많은데 3, 4년을 살면서도 때로 골목을 잘못 들어갈 때가 있다. 아침의 출근 때는 고목을 쳐다보면서 하루의 여유를 잡는다. 초조하기 쉬운 현대의 생활에서 나무를 쳐다본다는 것은 여유를 배우는 시간이 된다. 퇴근을 할 때는 더욱 조용하게 나무 밑을 지나온다. 고목은 무수한 잎을 달고 허공에 솟은 채, 무심(無心)한 표정을 짓고 있다. 나는 그 고목에서 무심을 배우려고 노력한다. 나무의 표정은 틀림없이 무심 그것이다. 바람이 와서 흔들면 큰 저항 없이 바람의 뜻대로 움직여 주고, 새가 와서 뜻있는 말로 정한(情恨)을 풀면 그것도 모조리 들어준다. 아이들이 돌을 던지면, 잠깐 가지를 피해 보려고 표정을 바꿀 뿐 노하거나 항거하지 않는다. 뜨거운 볕이 내리쬐면, 좀은 괴로운 듯 고개를 사리지만 아주 절망하는 무기력은 없다. 후둑후둑 빗방울이 떨어지면 그것들을 받아 아래로 굴려 내려 준다. 그러면서 정정한 높은 뜻을 굽히지 않는다. 땅을 튼튼하게 딛고 서서 영원한 자세로 하늘을 쳐다본다. 부드러우면서도 견고한 내부를 가지고 있는 고목은 오랜 수양을 쌓은 의지의 인간이다. 허약이 없고 오만이 없고 초조가 없다. 모든 것을 포용하면서도 그것에 집착하거나 감겨 들지 않는다. 그래서 나는 고목과 정이 들었다. 후덕한 할아버지를 알고 지내듯 고목과 깊은 마음을 나누었다.

그것이 어느 하루 퇴근을 하다가 고목이 인부에 의해 끊기고 있는 것을 발견했다. 몇 사람의 인부가 커다란 톱으로 서그렁서그렁 끊고 있었다. 고목은 그래도 무심한 듯 밑둥치를 맡겨놓고 그 커다란 체구를 일렁일렁 흔들고만 있었다. 참으로 안타까운 정경이었다.

이튿날이 되자 마침내 고목은 한길 바닥에 배를 내놓고 넘어져 있었다. 길을 확장하기 위해서 고목을 끊었던 것이다. 몇 사람의 인부들이 도끼를 가지고 고목을 토막으로 자르고 있었다. 팔이 끊기고 허리가 잘리는 비참한 광경이었다. 나는 한동안을 서서 그 광경을 구경했다. 아직도 기력이 좋은 할아버지가 교통 사고로 길가에 넘어져서 사망을 한 모습과도 같았다.

또다시 하루가 지나자, 고목을 끊은 토막과 가지들은 흔적도 없이 정리되어 있었다. 대신에 우악스럽게 생긴 불도저 한 대가 고목이 섰던 위를 왔다갔다하면서 정지 작업을 하고 있었다. 길을 넓히기 위한 공사가 시작된 것이다. 시원하고 평화롭던 고목의 여유있는 자세는 사라지고, 딱딱한 기계의 소리가 그 위를 뒤흔들고 있었다.

문명과 자연의 대결이라고 할까? 원시와 현대의 싸움이라고 할까? 영원과 순간의 비교라고 할까? 그보다도 고향을 잃은 허전이라고 할까? 그러한 착잡한 감정으로 나는 공사의 진행을 바라보고 있었다.

고목이 섰던 자리에는 지금 많은 차량이 질주한다. 버스, 택시, 자전거 등 해서 숨을 쉴 틈도 없이 속도를 낸다. 옛날 조용했던 고목을 둘러싼 분위기는 상상조차 어렵다. 소음과 긴장만이 감돌고 있다. 세월은 물줄기처럼 그 위를 흐르고 고목에의 기억은 점점 멀어져 간다. 봄이 되면 잎이 피고, 가을이 되면 낙엽이 지던 고목의 성쇠는 끝장이 났다.

그리하여 앞으로 10년, 백년, 천년이 지나면 또 어

떤 변화가 올까? 지금은 상상도 어려운 신형 자동차가 등장할까? 아니면 또다시 그곳에 새로운 나무가 심어질까? 사람들은 앞으로 백년을 넘기지 못하고 얼굴이 전부 바뀌어진다. 지금 사람은 다 가고 새 사람이 땅위에서 살게 된다. 그때 고목의 역사를 묻는 사람이 있다면 누가 그 증언을 할까?

이발사

　단골로 깎던 이발사가 이동을 해서 어디론가 가 버
렸다. 구처없이 같은 이발소의 다른 이발사에게 머리를
깎였다. 그런데 전혀 마음에 들지 않는다. 모양을 다듬
겠다는 욕심에서보다 얼굴과의 조화를 위해서 나는 옆
머리를 조금 길게 깎는 습관이 있다. 옆머리가 긴 내
모양을 보고 여학생들은 '부채표 활명수'란 별명을 붙여
놓았다. 부채꼴 모양으로 양쪽이 넓게 퍼졌다는 이유에
서다. 여학교에 근무한 지 10년인데, 그들은 별명짓기
의 명수들이다. 깊이 생각하고 짓는 것도 아닌데 그런
대로 해당자의 인상에서 크게 벗어나지 않는다. 하긴
별명이란 처음 지어질 때는 한 사람에 의해서 지어지지
만 여러 사람에게 공감이 가야 불려지는 것이어서 해당
자의 일면을 지적한다는 건 당연한 일일지 모른다.
　단골의 이발사를 잃고 나는 이발소를 옮겨야 했다.
옆머리를 길게 깎는 나의 요구는 이발사에게 상당히 부
담을 주는 모양이다. 기술이 좋은 사람도 5, 6회를 계
속해서 깎아야 비로소 내 요구를 옳게 이해하게 된다.
이발이 뜻에 맞게 안 되었을 때는 상당한 동안 기분이

좋지 않다. 거울 앞에 서 보면 내 얼굴이 본래의 나를 잃은 것 같아서 우울해질 때가 있다. '그까짓 이발 같은 것에 신경을 쓸 까닭이 있느냐?'고 할 수도 있는데, 무슨 이유 때문인지 나는 그 신경을 초월할 수가 없다. 아마 내가 수양이 덜 되어서 외형 같은 일에 지나친 신경을 쓰는 모양이다. 그래서 되도록 기분을 상하지 않기 위해서 이발사의 선택을 엄하게 하고, 한 번 단골이 결정되면 변경을 할 수가 없다.

어떤 사람은 이발을 예술이라고 하였다. 미술이나 조각처럼 차원이 높은 예술이란 뜻은 아니겠지만 넓은 뜻에서 이발이 예술에 든다는 말은 과히 잘못된 말은 아니다. 얼굴 형태에 맞고, 사람마다의 개성에 맞게 머리를 다듬는다는 건 확실히 예술에 속할 수도 있다. 얼굴이 긴 사람은 긴 대로의 머리 모양을 만들어야 하고, 둥근 사람은 둥근 대로의 어떤 형태가 있을 것이다. 고정된 유형을 배격하는 게 예술의 한 양식이라면 이발도 손님 각자의 얼굴에 맞게 형태를 창안해 내야 한다. 하지만 대부분의 이발사는 자기 나름의 어떤 유형을 생각한다. 머리를 일일이 얼굴에 맞게 새 형태를 생각해 낸다는 건 영업에도 지장을 가져온다. 그러나 나의 요구가 분명한 만큼 그들에게 무리하도록 창작을 요구하고 있는 건 아니다. 나의 요구가 어느 정도 납득돼서 뜻에 가깝도록 하느냐가 문제될 뿐이다. 그런데도 이발사의 실력은 각각이다. 기술이라고 할까? 심미안이라고 할까? 그런 차이에 따라 결과는 아주 달라진다.

마침내 나는 새 이발소 하나를 선택했다. 퇴근 길목
에 있는 아담한 집이다. 너무 화려한 이발소가 나는 싫
다. 꾸밈이 지나친 집은 웬지 불안감이 생긴다. 나를
담당하고 나선 이발사는 여자였다. 스물을 겨우 넘긴
듯한 처녀 이발사였다. 눈이 동그란, 아직 소녀 티를
벗지 못한 분명한 표정이다. 나는 여자인 점에서는 싫
지 않았으나 연령에 약간 염려가 갔다. '저런 나이에
나의 어려운 주문을 감당해 낼까?'의 걱정이었다.
그러나 처녀는 벌써 작업에 착수했다. 하는 수 없이
나는 주머니에서 그림을 내놓았다. 그림이란 내 머리
모양이다. 옆머리가 약간 솟아오른 부채꼴의 형태다.
옆은 이렇게 살리고 뒤는 이렇게 올리고 하면서 설명을
시작했다. 주위에 있는 다른 이발사가 모여든다. 그림
설명이 신기한 모양이다. 빙그레 웃는 축도 있다."전에
도 손님과 같은 머리를 깎아 보았습니다"고 처녀는 반
응을 보인다. 나 같은 머리도 있었던가? 나는 나의 머
리가 누구의 머리와도 닮지 않았다고 생각해왔다. 처녀
는 자신이 있는 듯 곧 가위질을 시작한다. 귓전에서 째
각째각 가위 소리가 경쾌하게 들린다. 부드러우면서도
탄력이 있는 소리다. 소리만 들어도 이발사의 기술이
어느 정도는 측정할 수가 있다. 같은 가위인데도 솜씨
에 따라 음향은 다르게 들린다. 처녀 이발사는 나에게
서 좀 떨어져서 머리 모양을 관찰한다. 그림도 거리를

두고 바라보아야 전체를 바로 파악할 수가 있다. 처녀의 관찰은 그런 이치일 것이다.

시간이 상당히 흘러갔다. 그 동안 나는 눈을 감고 있었다. 그대로 잠이 들어도 좋다는 생각이었다. 이왕 맡긴 머리니까 마음놓고 기다릴 수밖에 없다. 이윽한 후 작업이 끝났다. 목덜미를 털고 흰 보자기를 벗긴다. 나는 거울 속의 내 얼굴을 바라보았다. 대체로 윤곽이 마음에 든다는 인상이다. 머리를 씻고 다시 거울 앞에 앉았다. 얼마동안 다른 이발사가 손질을 하더니 작업이 완전히 끝났다. 드디어 완성된 내 얼굴을 살펴보았다. 무엇보다도 기분이 기술을 평가해 준다. 머리의 형태가 어느 때보다도 내 마음에 들지 않는가? 설명한 그림의 모양보다도 오히려 내 마음에 든다는 생각이다.

과거에는 상당한 능력이 있는 사람도 5, 6회를 계속해서 깎아야 겨우 내 주문을 이해했다. 그런데 이 처녀는 단번에 나의 주문을 만족시켰다. 전에도 이런 머리를 깎아 보았다는 경험 때문일까, 아니면 이 처녀에게는 남다른 심미안 같은 게 있는 것일까? 이발사 자격 시험에라도 합격한 것일까? 여자로서 스물을 갓 넘은 나이에 이발사 시험에 합격했다면 어떤 뛰어난 소질의 소유자임에 틀림없다. 학교에 다닐 때 그림을 잘 그렸는지도 모른다. 아니면 음악 같은 것에 소질이 있었는지도 모른다. 대부분의 여이발사는 면도만을 맡는데, 이 처녀는 조발(調髮)을 담당할 수 있다. 그것도 나 같은 까다로운 주문을 쉽게 만족시켜 내지 않았나?

3류 극단에는 많은 수의 소녀가 따라다닌다. 그들은 유행가를 부르고 속된 춤을 추고 서투른 연극을 한다. 이들이 만약 고등학교를 다니고, 대학을 나와서 예능에의 소질을 바로 길렀다면 음악가가 되고 극작가가 되고 영화배우가 되었을지 모른다. 그것이 바로 발전을 못하고 중간에 옆길로 걸어서 속된 연예인으로 전락을 한다. 처녀 이발사도 어쩌면 상당한 천부적인 소질을 가졌는지 모른다. 그 소질이 이발이라는 기능에로 돌파구를 찾아서 조숙한 이발사를 만들어 놓았다.

나는 처녀 이발사의 기술을 칭찬했다.

"처음인데도 아주 마음에 듭니다" 했더니 기쁜 듯 미소를 머금는다. 아직은 직업 의식에 물들지 않은 소박한 표정이다.

나는 이발소를 나왔다. 시원한 밤바람이 가슴에 와서 안긴다. 잘 깎여진 머리 때문일까? 기분이 퍽도 상쾌하다. 세상은 전부가 조화 속에서 산다는 만족을 느낀다. 역시 나는 조그만 머리 같은 데서도 기쁨을 느끼는 모양이다. 여유라 할까, 멋이라고 할까, 마음의 폭이 확대되면서 세상이 나를 위해 존재한다는 오만 같은 것을 가져 본다. 그리고는 조용조용 발을 옮겨 놓는다.

■ 김시헌 연보

1925년   9. 17 경북 안동군 임하면 천전동에서 출생.
1940년   안동군 임하면 임하초등학교 졸업.
1940년   중국(만주) 동경성(東京城)에 가서 10여 일 머물고 할빈, 신경을 거쳐 길림(吉林)에서 두 달쯤 머물다(형님이 그곳에서 살았음).
1943년   함경북도 청진에서 공업학교에 다님(土木科).
1943년   청진 제철소 제도사 시험에 합격〈6개월 근무〉.
1943년   삼목합자회사 기술과에 취직(측량 및 설계) 〈나진 청진간의 철도부설공사에 종사〉.
1945년   삼목합자회사 회령(會寧) 출장소로 전근(함경선 복선공사에 종사).
1945년   고향으로 돌아오다〈경북 안동〉.
1947년   안동 농림고등학교 부설 사범과 졸업.
1950년   중등학교 교원자격 검정고시 합격.
1963년   안동시에서 대구시로 이사(전근).
1965년   『現代文學』誌에 「私談」을 발표하면서 등단.
1968년   경북수필문학회(현재의 영남수필문학회) 창립 〈이화진. 장인문. 김시헌의 발의로〉.

1969년   경북대학교 부설 중등교원 양성소 졸업.

1969년   한국문인협회 입회.

1969년   경북수필문학회 동인지 「隨筆文學」 창간.

1969년   경북수필문학회 회장.

1972년   3인수필집 『散文 散策』 간행〈김진태. 장인문. 김시헌〉.

1972년   국제펜클럽 한국본부 회원.

1975년   5인집 『人生의 妙味』 간행〈박문하. 서정범. 박연구. 김시헌 등〉.

1975년   『한국대표 수필선집』에 「素朴한 의문」 수록.

1976년   『韓國隨想錄 全集』에 「墓地」 등 수록.

1977년   『韓國名隨筆選』에 「古木」 수록.

1977년   한국수필가협회 이사.

1978년   경북문화상 수상.

1978년   수필문우회 회원.

1979년   『붓가는 대로 마음가는 대로』 간행(공저).

1979년   『조그만 가슴으로 큰 행복을』 간행(공저).

1982년   『멋을 아는 사람』 간행(첫단행본).

1984년   『두만강 푸른 물에』 간행(범우사 문고판).

1987년   한국수필문학상 수상.

1990년   『오후의 思索』 간행(제2수필집).

1990년   직장에서 정년퇴임(경북 고령에서).

1991년   대구시에서 서울시로 거주 이전.

1994년   『散文 散策』 제2집 간행. 〈김진태. 장인문. 김시헌〉(공저).

1994년 국립도서관, 인천중앙도서관의 수필창작반 강
사.

1994년 경기전문대학 강사(수필).

1995년 백화점 문화센터 수필창작반 강사(신세계, 애
경, LG 등).

1996년 신곡문학상 본상 수상.

1999년 「수필문학」 대상 수상.

2000년 현재: 추천작품 심사위원(계간수필, 자유문
학, 수필과 비평) 등.

저자와의
협약으로
인지생략

김시헌 수필선
생각하는 사람

1판 1쇄 발행/2006년 4월 10일
1판 2쇄 인쇄/2006년 4월 15일

지은이/김시헌
펴낸이/이선우
펴낸곳/도서출판 선우미디어

등록/1997. 8. 7   제2-2416호
100-193 서울 중구 을지로3가 104-10
신성빌딩403 ☎ 2272-3351, 3352 팩스: 2272-5540

Printed in Korea ⓒ 2006 김시헌

값/4,000원

잘못된 책은 바꿔 드립니다

ISBN 89-87771-55-7 04810
ISBN 89-87771-09-1 (세트)